MINHA MÃE SE MATOU SEM DIZER ADEUS

EVANDRO AFFONSO FERREIRA

MINHA MÃE SE MATOU SEM DIZER ADEUS

romance

2ª edição

EDITORA RECORD
RIO DE JANEIRO • SÃO PAULO

2022

CIP-BRASIL. CATALOGAÇÃO NA PUBLICAÇÃO
SINDICATO NACIONAL DOS EDITORES DE LIVROS, RJ

F439m
2ª ed.

Ferreira, Evandro Affonso
  Minha mãe se matou sem dizer adeus / Evandro Affonso Ferreira.
– 2. ed. – Rio de Janeiro : Record, 2022

ISBN 978-85-01-09093-5

1. Romance brasileiro. I. Título.

10-3944

CDD: 869.93
CDU: 821.134(81)-3

Copyright © Evandro Affonso Ferreira, 2010

Capa: Fernando Chui
Revisão de originais: Francisco Merçon

Texto revisado segundo o novo Acordo Ortográfico da Língua Portuguesa

Direitos exclusivos desta edição reservados pela
EDITORA RECORD LTDA.
Rua Argentina, 171 – Rio de Janeiro, RJ – 20921-380 – Tel.: (21) 2585-2000.

Impresso no Brasil

ISBN 978-85-01-09093-5

Seja um leitor preferencial Record.
Cadastre-se em www.record.com.br e receba
informações sobre nossos lançamentos e nossas promoções.

Atendimento e venda direta ao leitor:
sac@record.com.br

Não dispõe cada homem livremente de sua própria vida? E não pode legitimamente empregar o poder com que a natureza o dotou? Para invalidar a evidência dessa conclusão precisamos de uma razão, porque esse caso particular é uma exceção; seria porque a vida humana tem tamanha importância que seria uma presunção a prudência humana pretender se dispor dela? Mas a vida de um homem não tem maior importância para o universo do que a de uma ostra. E mesmo que ela fosse de tal forma importante, ainda assim a ordem da natureza a submeteu à prudência humana e nos reduziu a uma necessidade de a determinarmos, em todos os incidentes.

David Hume

Obrigado ao amigo Marcelino Freire
pelo gesto de generosidade

Este livro é para você, Najla Assy, que à semelhança de Virgílio conduziu-me pelos surpreendentes e intrincados e fascinantes caminhos dos questionamentos. Sim: dedicado a você que me ensinou a pensar.

A vida é ruim; eu sei. Mas ainda não vou cortar a teia da própria vida feito ela minha mãe: o vocábulo é minha âncora; aqui desta mesa-mirante observo o anoitecer dos outros para esquecer-me do próprio crepúsculo.

É domingo. Chove choro. Tenho medo. Possivelmente a dor da morte é o conjunto das principais dores da vida inteira. Tenho medo; sempre tive. Melancólico medroso medíocre. Também sou vítima da aliteração feito ele poeta pego pelo Parkinson que passou minutos atrás ali no corredor. Garçonete ruiva me pergunta o título do livro que começo a escrever; digo-lhe que poderá ser VIM VI PERDI ou LEMBRA-TE DE QUE DEVES MORRER. Reprovou ambos com indisfarçável expressão repulsiva. Sei que relampeja muito troveja muito nesta manhã única; manhã que se estatuou manhã de minutos imóveis — os segundos não dão sinal de vida sequer piscando; tempo-estaca fincado no chão de concreto. Mas a palavra não para, levando-me feito Pégasus para todos os cantos do passado do presente do futuro. Vejo agora desta mesa-mirante de confeitaria amiga filósofa recostada na poltrona da sala de sua casa lendo ao som da *Nona sinfonia* carta dos moradores de Abdera pedindo socorro a Hipócrates — para salvar Demócrito que *chegando ao ápice da força da sabedoria corre o risco de uma paralisia do pensamento*. Logo-logo lerá outra carta na qual o Pai da Medicina comenta que se numa cidade inteira inquietam-se por causa de um único morador cuja anomalia é o riso excessivo eles sim precisam de tratamento. Minha melancolia é mais compatível com as lágrimas de Heráclito. Estou triste; não porque vou deixar a vida; mas porque nunca estive nela. Tempo todo caminhando temeroso pelo acostamento. Três senhoras decrépitas ali na mesa mais adiante conversam em hebraico; não sabem que sou o verdadeiro estrangeiro neste mundo. Minha mãe desata de súbito pião da fieira fazendo-o girar na calçada; agora o apoia ainda girando sobre a palma da mão. Tenho cinco seis anos se tanto. Fico perplexo-deslumbrado com tão encantador malabarismo. Mãe-moleque. Veio menina por descuido da natureza; viveu menino tempo todo. Encontrei analogia definitiva: minha vida foi pião sem fieira jogado num canto qualquer da gaveta; brinquedo inútil. O mundo continuará girando sem mim; sem minha mãe; sem Hipócrates; sem Demócrito. Mas deve ser bom viver feito ela aquela moça de figurino exótico ali na quinta mesa à direita que pensa ter alguma importância — só porque carrega o Sol a tiracolo. Chove choro. Sem lágrimas; tristeza seca. Sou vítima de espécie rara de melancolia árida: trinca aos poucos todos os sentimentos do melancólico. Parece que caiu raio ali no outro lado da rua. Morte possivelmente enviando-me mensagem cifrada dizendo talvez que não posso tornar-me prolixo demais; que não posso ingênuo tentar enganá-la. Sei que ela conteve os ponteiros só para mim; intermissão personalizada. Resta-me apenas o tempo-da-escrita próprio para a elaboração deste livro-ômega; única obra do autor com começo e meio e fim — possivelmente. Riso retorna frouxo entre eles amigos judeus da confeitaria do outro lado. Não fosse tão tímido poderia lhes contar este chiste preferido daquele psicanalista de Viena: *A vida humana se divide em duas metades. Na primeira desejamos a vinda da segunda, na segunda desejamos a volta da primeira.* Num dos trechos de uma carta-despedida mãe dela amiga filósofa diz que *tudo aqui é instante e passagem de ampulhetas criadas para o engano.* Sou tímido; vou aproximar-me deles amigos judeus apenas para entregar esta carta e os originais deste livro. Pensando bem é mais seguro pedir para garçonete ruiva tomar tais providências: morte poderá ser pontual, britânica demais quanto à sua chegada após ponto final ancorar-se de vez nesta obra. Sei que meu cataclismo personalizado se aproxima apressado. Palavras chegam cansadas; desiludidas talvez; possivelmente tristes também. Vocábulos preparando o funeral do escritor; verbos preparando-se para o luto iminente. Sei que eles se acomodam tímidos-titubeantes neste bloco de rascunho. Filhos sussurrando em volta do pai num leito de morte. Foram muitas décadas de convivência. Aperfeiçoamentos mútuos. Uns lapidando os outros. Sempre respeitando a alternância do diapasão para beneficiar a afinagem do quarteto. É compreensível que autor e palavra e verbo e vocábulo todos estejam cabisbaixos neste momento de despedida. Digo agora para garçonete ruiva que todo condenado à morte tem direito a um último desejo; que o meu seria acariciar lentamente seu corpo nu e depois ouvi-la dizendo que me ama. Sorri debochada. Pensa que é mais um desses costumeiros atrevimentos de decrépitos velhacos. Não sabe que se atendesse meu pedido eu poderia quem sabe nesses momentos finais acreditar que existe vida antes da morte. Possivelmente não leu *A casa das belas adormecidas* dele Kawabata. Possivelmente nunca lerá esta minha obra que possivelmente nunca será publicada. Sigo adiante. Embora consumido pela melancolia os verbos as palavras os vocábulos mesmo desestimulados escoam pelas frestas da tristeza. A poucos instantes da chegada de meu último suspiro continuamos juntos; morreremos entretecidos compondo cantiga de ninar para sempre. Estamos subindo rua íngreme. Dia quente. Tenho onze anos se tanto. Ofegante sento-me no meio-fio da calçada. Meu pai aponta para a casa em frente dizendo: *sua avó materna morou aqui muito antes de você nascer; nas últimas duas décadas de vida não saiu mais de casa; ninguém nunca soube explicar motivo de isolamento tão radical; sua mãe não era doida por obra do acaso*. Dizia a verdade. Mas eu odiava seu jeito cínico de dizer as coisas.

Relâmpagos iluminam os quatro imponentes pórticos envidraçados deste *templo* moderno; morte lançando mão das pirotecnias da natureza para anunciar solene sua chegada.

Cavalheiro decrépito apoiando-se na bengala disse saber dele meu ofício; gostaria que lhe contasse mais sobre minha obra literária. Digo que faço literatura técnica: sou geriatra; fico dia quase todo nesta mesa-mirante registrando atitude das pessoas-posfácio feito ele feito eu. Seguiu sem dissimular o descontentamento. Possivelmente não gostou da analogia de possível mau gosto. Poderia ter dito *seres-epílogo*. Seria menos antipático. Sei-sinto-pressinto que ele também abandonará logo-logo de vez sua bengala. Por enquanto segue arrastando-se trêmulo expondo os troféus da decrepitude. Cinco adolescentes numa mesa da confeitaria do outro lado gritam muito riem muito; possivelmente vão acordar um dos amigos judeus; comportamento próprio de quem ainda tem muita vida para dissipar gastar em excesso. *O tempo é o fogo a ferver a água da vida* — diria amiga filósofa. Arco-íris deles jovens independe do desfecho da tempestade para lançar as bases de sua chegada triunfal. Não me lembro de minha juventude: velho tempo todo. Alimentado com leite de mãe niilista; pai lia pela mesma cartilha. Não sei por que não deixaram na porta de casa placa dizendo que OS PIORES DIAS DE NOSSAS VIDAS SERÃO TODOS; sempre disseram isso de maneira oblíqua; eram unissonantes coesos na descrença in totum. Não sou nebuloso feito este domingo por obra do acaso. Eles meus pais também não deveriam ter vindo. Deuses-da-fertilidade são muito pouco criteriosos. Às vezes acertam enriquecendo século inteiro com apenas um Heráclito apenas um Kafka.

Estrondos estremecem os quatro imponentes pórticos envidraçados deste *templo* moderno; morte lançando mão dos recursos trovosos da natureza para anunciar imponente sua chegada.

Estamos no quarto. Minha mãe abre a porta do guarda-roupa; retira pequeno quadro a óleo dizendo de súbito: *é você*. Fico perplexo diante de figura estranha-indecifrável.

Olhando mais fixamente agora desta mesa-mirante desconfio que seja mosca gigante estilizada — possivelmente presa numa teia de aranha. Minha mãe era feia bêbada louca. Mãos estão trêmulas. Palavras agora chegam ziguezagueantes; medo manifestando-se in totum. O desconhecido inquieta. Sei-sinto-pressinto que ela inimiga invisível se aproxima apressada. Inútil tentar combater o que nunca deu sinal de vida durante toda nossa existência; enfrentar o que nunca mostrou milímetro sequer dela sua vulnerabilidade. Inimiga que chega de súbito apenas uma única vez para inexorável vencer a contenda. Não há nada mais conciso e objetivo e implacável do que ela — a morte. Tremura não veio por casualidade do destino: medo farejando feito cães chegada dele terremoto — personalizado. Senhora decrépita de vestido preto na sexta mesa à esquerda me disse que garçonete ruiva lhe confidenciou meu ofício; que quer conversar sobre possibilidade de uma biografia; que vida dela foi muito interessante. Respondo-lhe também telepático que isso é impossível por vários motivos — o mais importante deles é que vou morrer daqui a pouco. Ela não se abala dizendo que também morrerá em breve; apenas espera que não seja daqui a pouco: sua torta de peras ao vinho ainda não chegou. Desvio o olhar: não suportaria conviver com alguém de humor tão refinado nesses instantes finais.

É domingo. Chove choro. Manhã tempestuosa não saiu do lugar desde que cheguei neste *templo* moderno. Descontinuação personalizada: tempo para permitir escritor concluir num único dia — último de sua existência — proposta de livro com começo e meio e fim. Deixarei estes manuscritos aos cuidados dos amigos judeus. Será minha primeira obra concluída; primeira a ser possivelmente publicada. Póstuma. Ironia do destino. A vida é ruim; eu sei. Irônica também. Dizem que quando começamos a aprender alguma coisa ela decrepitude chega para cerrar as cortinas. Mas não aprendi nada. Existência oblíqua. Caminhando cabisbaixo olhando sempre de soslaio os amanheceres. Vida-viés. Quase oitenta anos vendo tudo-todos pelas fendas da tibieza. Sou do signo da dubiedade. Vinda inútil: vim vi perdi; não sou melancólico por obra do acaso; aperfeiçoei-me no desconsolo. Vida me trouxe tristeza tempo todo. Dia escuro-tempestuoso feito este se aclimata comigo sob medida para meu desfecho fatal. Domingo personalizado. Primeiro natal sem minha mãe; estamos na casa dela avó paterna; alegria desafia qualquer descrição — deve ser porque não verei outra vez no meio da ceia nora embriagada insurgindo-se contra sogra. Mais de meio século depois confirmo: minha mãe era feia bêbada louca; mas eu gostava das maluquices dela; das molequices também. Não posso negar que foi duas vezes indiferente matando-se sem dizer adeus. Gosto muito deste trecho aqui da carta-despedida dela mãe da amiga filósofa: *Não adianta gritar para que me salvem. O ocaso do deserto além da janela transforma os gritos no silvo do Minuano. Não entendo por que estou só neste mundo em que o desejo de matar equivale ao desejo de morrer.* Esta missiva-limite me deixa in extenso livre de inquietações. Não fico um dia sem pronunciá-la em voz alta. Grandeza de ânimo dela amiga filósofa quando me deixou como legado o adeus da própria mãe. Não deixarei esta carta naufragar comigo: vou entregá-la junto com meus originais aos amigos judeus; saberão o que fazer. Confio. Principalmente nele amigo-*íngale*; nossos cumprimentos sempre foram muito afetuosos; ternura mútua. Vida apesar de ruim tem dessas belíssimas surpreendências. Conhecer por exemplo amiga filósofa no epílogo dela minha existência foi encantadora surpresa; éramos na presença um do outro espontaneamente *íngales*; ternura também mútua. Conheci finalmente

nele meu crepúsculo o real significado da palavra AMIZA-
DE. Sei que não nos veremos nunca mais. Sei também que
ela foi meu arco-íris temporâneo: surgiu depois de quase
oitenta anos chuvosos-tempestuosos. O cataclismo me le-
vará in totum — inclusive com a certeza de que apesar de
ruim a vida às vezes nos surpreende permitindo-nos fazer
alguma coisa melhor do que amar. Hoje entendo a profundidade de Montaigne ao falar da AMIZADE. Mas a vida digo-
repito é ruim; eu sei. Somos seres-Prometeu: anjo qualquer
dos abismos insondáveis renova todos os dias nosso fígado
disponibilizando-o às novas bicadas dela águia gigantesca.
Pelo semblante sereno de todos à minha volta concluo em
definitivo que o cataclismo que se aproxima apressado é
apenas meu. Personalizado. Os outros estão salvos nesta arca
moderna de Deucalião. Neste primeiro natal de orfandade
materna meu pai fica tempo quase todo arredio no quintal
conversando entre aspas com os pássaros inúmeros nos
galhos das árvores; aproximando-me mais descubro que
pela insistência em repetir a palavra INSÓLITO está tentando se comunicar inutilmente com minha mãe. Jeito estranho talvez de blindar a saudade. INSÓLITO — este vocábulo
me provoca repulsa. Olhando para uma das quatro portas
centrais deste *templo* moderno vejo num relance cavaleiro
de vestimenta negra sobre cavalo empinado recusando-se
a entrar. Possivelmente deliro. Difícil saber se não é quem
sabe trailer dele meu desfecho definitivo. A vida é misterio-

sa; o reverso é possivelmente bem mais misterioso. Sei que estou a poucos passos da morte. Sei que o contrário dela é ruim. Sei que tenho medo. Senhora decrépita que passou arrastando-se ali no corredor me disse telepática sem abrir mão da ironia que a morte dispensa interpretações filosóficas; que é apenas sono insípido definitivo livre de ruídos brônquicos pesadelos sonhos sonambulismos. Digo nada: raramente penso com profundidade sobre aquilo de que tenho medo. Sou medroso demais; sempre fui. Subir na garupa daquele cavalo apocalíptico poderia resultar numa viagem balsâmica; galopes possivelmente se aproximariam tão ligeiros um do outro que o equino sequer tocaria no solo. Morte poderia ser apenas voo-Pégasus para lugar nenhum; poderia. A dúvida excita o medo. Moça de óculos escuros enormes desproporcionais à finura do rosto lá na quinta mesa à direita não está pensando em morrer; tenho certeza: seu figurino exótico põe em evidência o caráter daqueles que já amanhecem exibindo-se para a vida. Jeito dela é de quem vive alheia ao temporal: tem Sol personalizado. Além de raiva tenho inveja de gente deste naipe. Melancolia provoca narcisismo às avessas: espelho empoeirado encostado de frente para a parede do quarto de casa possivelmente refletiria apenas minha silhueta. Moça ali ao contrário é porta-voz dos deuses-da-valorização-da-própria-aparência. Não vai cortar jamais a teia da própria vida: vaidosos não se matam; medrosos também não. Eu sei. Não é por obra do acaso que mesmo aos trancos-barrancos vivi quase oito décadas. Mais do que a palavra foi o medo que me blindou do desejo de cortar a teia da própria vida; medo da morte. Agora sei-sinto-pressinto sua chegada; vem numa de suas múltiplas metamorfoses em forma de cataclismo. Eu sei. Desta misteriosa mesa-mirante consigo ver o passado o presente o futuro. Cortesia dela própria morte. Horas antes de sua chegada obsequiou-me com este artifício. Claro que se pudesse escolher gostaria de ser contemplado com a capacidade de conhecer todos os segredos da vida pregressa da alma. Gautama possivelmente o soube mesmo sem ter possivelmente vivido. Sei que a vida é ruim. Dia se arrasta nublado trazendo certeza de que o Sol ficou de repente proibido para sempre — eclipse personalizado. Morrerei daqui a pouco. Fim de trajetória de vida amorfa. Quase oito décadas de inutilidade absoluta. Tempo todo vivendo num limbo próprio. Sei-sinto-pressinto que meu destino diluvioso se aproxima apressado. Trovões proclamam chegada do apocalipse individual. Escritor-Ícaro despencando-caindo nele pessoalíssimo mar Egeu. Adolescente ali numa cadeira de rodas olha para lugar nenhum. Baba escorre queixo abaixo. Pai enxuga carinhoso. A vida é ruim; eu sei eles sabem. Não entendi direito ou não quis entender, mas acho que ele menino me disse que sou velho-decrépito-ranzinza e que gostaria de ter minhas pernas para caminhar agora debaixo da chuva enfrentando altivo relâmpagos trovões destemperos pluviométricos; viro sutil o rosto para não ser cruel demais rebatendo-dizendo que andando a vida dele seria apenas menos ruim. Pai possivelmente leu meus pensamentos: disse-me também telepático que vai torcer para que a natureza me poupe desta vez permitindo que eu continue vivendo esta minha vida insignificante-inexpressiva mais meio século pelo menos. Digo nada: entendo-respeito sua fúria paterna.

Meu andar me levou a tudo que sou — ela amiga filósofa me disse numa quarta-feira. Temos muito em comum: mãe dela também se matou — mas disse adeus. Deixou carta de despedida. Ando com o manuscrito na carteira. Sabendo de minha carência filial concedeu-me o adeus da própria mãe. Toda manhã neste mesmo horário num ritual sagrado leio feito agora esta carta-réquiem da qual confidencio por enquanto apenas o desfecho: *ah minha filha perdão se lhe dei aquilo de que nem eu mesma gosto: a vida.* Nunca disfarço a emoção. Vizinhos de mesa mais observadores percebem meu olhar lacrimoso. Senhora grega decrépita costumeiramente desacompanhada me perguntou ontem por que chorei lendo essas duas folhas de papel de seda. Disse que é carta de amor de prostituta que conheci há muitos anos no Cairo. Palavra mágica **prostituta** estancou incontinente o diálogo. Vida só é tolerável quando desligamos amiúde o pensar vivendo ao sabor do vento. Abstrair para não sucumbir. Vida vai aos poucos nos afunilando para a solidão in totum. Senhor decrépito ali de semblante judaico na mesa distante bebe ritualístico seu café, depois fica como sempre olhando vinte trinta minutos para lugar nenhum; ou para espelho retrovisor invisível da própria vida. Pela idade avançada está catalogando perdas. Digo-lhe telepático: *não se mate ainda, meu velho, não se mate; pense na possibilidade decepcionante do café lá do outro mundo não ser assim tão encorpado.* Sorri. Desta mesa-mirante procuro avistar a vida dos outros para ignorar o próprio viver.

É domingo. Nublado. Vida fica cabisbaixa. Bom dia para morrer. É a melancolia não suportando quem sabe o peso da angústia. Senhor ali trêmulo sendo arrastado pelo acompanhante profissional insiste em viver mesmo sabendo que sua vida agora será apenas de domingos nublados. Assim é o alfa-ômega dela nossa existência: nascemos chorando morremos trêmulos. Escrever para não morrer. O verbo é minha âncora. Meses atrás ouvi senhor judeu na mesa vizinha dizendo sorrindo *íngale íngale* para seu também decrépito interlocutor. Achei bonito-sonoro. Dias depois num momento oportuno perguntei ao mesmo cavalheiro o significado de tal palavra; *criança* — ele me respondeu. Desde então, sempre que nos vemos pronunciamos o mesmo vocábulo quase que em uníssono. Esta deve ser a única amizade-*íngale* existente no mundo entre dois quase octogenários.

*

As sereias de Kafka têm no silêncio uma arma mais terrível do que seu canto — ela amiga filósofa me disse outro dia. Senhor decrépito noutra mesa mostra frasco de pílulas para moça possivelmente filha. Nós os que moramos no reino da decrepidez vivemos de remédios e lembranças. Às vezes questiono se não seria bom perder a memória: não tenho nada de interessante para recordar; nenhuma paixão nenhum filho nenhuma façanha literária. Senhora ali caminhando lento me faz refletir sobre a inutilidade da pressa. No ômega mora o ápice da lenteza — ritmo que cadencia a decrepidez. Aqui desta mesa-mirante raramente dispenso maior atenção ao jovem; ele me humilha com sua aparente infinitude: não há domingo nublado no estio da existência. *Fale mais alto por favor* — pediu senhor aqui atrás para sua possivelmente companheira de longas caminhadas. Envelhecer é perder pedaços de si sem intermitência. Penoso trabalho este de fazer do verbo escudo; do vocábulo esgrima contra o desejo de cortar a teia da própria vida. É cansativo viver; mais ainda esgrimir-se contra a vontade de morrer. Sei que é domingo e que está nublado e que estou triste e que está chovendo muito; aqui contemplo também meu passado. Mas sou decrépito, tenho memória-flash. Minutos atrás vi-ouvi minha mãe num cômodo qualquer de nossa antiga casa discutindo com ele meu pai. Som-imagem ambos confusos mas ouvi nitidamente esta frase: *a qualquer momento desapareço de vez da vida de vocês dois sem dizer adeus*. Três quatro meses depois se matou. Foi num domingo nublado feito este. Eu era menino oito nove anos se tanto. Ela gostava de pintar. Ainda tenho guardado um de seus quadros: autorretrato. São nítidos seus traços de loucura. Acho que se mataria mais cedo mais tarde independente da paralisia irreversível. Nunca deixei tal obra na parede: não gosto. Atormenta-me conviver diariamente com ela; deixo-a numa caixa. Todo domingo pela manhã abro para ver por alguns minutos aquele rosto desfigurado. Há quase setenta anos; hábito. Morbidez talvez. Ou homenagem póstuma. Não sei.

Pelo menos duas vezes por dia passa por mim poeta interessante aquele cuja decrepidez não veio por conta da velhice: doença maldita se antecipou trazendo tremura no corpo. É arredio. Não frequenta confeitarias. Prefere a solidão dos bancos de madeira espalhados pelos corredores. Sei que não precisa dela minha piedade mas sempre que o vejo cabisbaixo cochilando num desses bancos fico com o coração confrangido. Tristeza chega de súbito. Nunca nos falamos. Não me conhece. Vou jamais interromper seu cochilo sua solidão. Muitas vezes por ironia do destino ele para trêmulo recuperando o fôlego exatamente aqui ao lado de minha mesa. Finjo que não o vejo. Fico triste olhando de soslaio seus passos titubeantes — vítima do aliteramento esse interessante poeta pego pelo Parkinson. Chove muito. Troveja muito. Quando eu era criança minha mãe cobria meu corpo com o corpo dela abafando o estrondo dos trovões; e cantarolava no meu ouvido *My funny valentine*. Ela agora está no quarto diante do espelho cobrindo os lábios com batom lilás; não gostou do resultado; retira bruscamente a pintura labial com o indicador da mão direita; e chora. As senhoras aqui da mesa à esquerda ficam bem de batom vermelho; e riem; gostam da vida; são elegantes; vaidosas. Minha mãe não era nem uma coisa nem outra. Era assim feito eu: desajeitada. Viemos ao mundo por descuido. Diferença é que não tinha vocábulos próprios. Tinha tinta própria; mas a pintura não foi sua âncora: matou-se sem dizer adeus. Mãe dela amiga filósofa era professora de latim; sarcástica; implacável; dizia ad nauseam homo homini lupus. Leitora de Lucrécio de La Rochefoucauld de Swift de Baltasar Gracián. Bonita. Minha mãe não me lembro; esta que vejo rapidamente vez em quando desta mesa-mirante é imaginação de filho escritor distante há setenta anos. Agora consegui ver com mais nitidez: era feia. Triste também. Desajustada também; feito eu. Mãe dela amiga filósofa era ativista. Altiva. Lutava pelos seus direitos. Homem nenhum nunca ousou agredi-la sequer verbalmente. Minha mãe era submissa; introspectiva. Revoltava-se às vezes titubeante, blindada pela couraça da bebida; e apanhava. Quadrilha drummondiana às avessas: pai batia na mãe que ignorava o filho que odiava o pai. Chuva continua. Gargalhadas também. Impossível conter minha inveja. Gostaria de terminar a vida feito eles amigos judeus: dia todo blindado pelo riso coletivo. Abstrair para não sucumbir. Senhor decrépito solitário — que não tem riso coletivo nem vocábulo próprio — ali na última mesa à direita encontra mais tempo para sublinhar mesmo a contragosto o próprio declínio. Solidão não permite ao decrépito disfarçar sua decrepidez. Semblante tristonho dele me comove. Não consigo comunicar-me telepaticamente: seu olhar é disperso. Poderia enviar-lhe este bilhete: *ah meu bom velho não se mate antes de refletir sobre a possibilidade da inexistência de Deus; sobre a possibilidade do Nada absoluto que nos espera do outro lado; sobre a real possibilidade de nunca mais provar essa deliciosa crostata de mandorla que vejo sobre sua mesa; sim meu bom e velho e decrépito amigo: sem Deus não poderá haver nada depois da morte — principalmente amêndoas e mel.* Melhor deixá-lo em paz com sua solidão sua decrepitude sua torta suas cogitações profundas.

Todo pensamento tem uma vocação própria que é a extensão de sua primeira vocação — ela amiga filósofa me disse outro dia. Minha mãe está sentada sobre gangorra presa num galho de abacateiro. Fuma. Olha para o céu sem se balançar. Possivelmente pensa como vai cortar a teia da própria vida. Chora. Discute com ela mesma. Palavras desconexas. Risos ilógicos. Sumiu. Acho que a loucura chegou antes do desejo de morrer. Ainda é domingo naturalmente. Ainda estou naturalmente triste. Chuva continua ininterrupta. Gargalhadas do outro lado continuam intermitentes. Eles amigos judeus são gracejadores. Humor congênito. Sou melancólico. Minha decrepidez ofusca sutilezas. Conservo-me fora do caminho dos espelhos: não gosto de me ver saindo dos gonzos dos eixos dos trilhos. A decrepitude é a estética perdendo a compostura; figura indistinta da morte; é o irreversível batendo à nossa porta. Escrever para esquecer de envelhecer; escrever para se arrastar tatibitate na vida feito este domingo que se arrasta no calendário. O vocábulo é minha redoma; as palavras são meu anel de Giges. Sinto-me invisível aqui nesta mesa-mirante; invisibilidade parcial: apenas os nove amigos judeus me veem. Pacto velado. Posso escrever a respeito deles; podem falar a meu respeito; não sei o que dizem. Imagino. Sabem que não sou da colônia. Ignoram que meu desejo agora seria psicografar Bruno Schulz; falar sobre outros sanatórios outras lojas de canelas. Não sabem o quanto admiro esse judeu polonês verdadeiramente encantador; morto pela fúria diabólica nazista. O diabo matou meu deus; mas suas palavras ficaram; seu vocábulo é imortal. Vai haver um dia um mundo em que as palavras de todos os Schulz serão suficientes para eliminar todas as fúrias de todos os demônios.

A vida é a insônia eterna — ela amiga filósofa me disse numa quase-quinta. Não me lembro da última vez em que ela esteve aqui; duas semanas atrás talvez; ou nunca esteve. Às vezes invento amigas. Ano passado recebi durante seis meses seguidos a visita de Virginia Woolf nesta mesma mesa-mirante. Não me lembro não sei se ela me contou como teve a ideia de colocar no bolso do casaco pesadas pedras antes de entrar de vez no rio. Quando penso em Virginia percebo que o vocábulo nem sempre é nossa âncora. Ela ficava horas comigo. Evitava falar de Bloomsbury: achava-os enfadonhos. São realmente tediosos todos os grupos literários: *vanity fair*. Memória fraca; sou decrépito; não me lembro deles nossos diálogos. Ela segura minha mão que segura o lápis; estamos diante da escrivaninha; ensina-me a escrever suprindo-me de palavras, munindo-me de vocábulos para lutar tempo todo contra a vontade de desistir de existir; vogais e consoantes surgem trêmulas; mãe-professora possivelmente de ressaca. Beija minha fronte. Afasto a cabeça rejeitando o afago. Gesto premonitório: queria acostumar-me a viver sem mãe. Mais de meio século na orfandade. Vida quase toda sem colo materno — travesseiro que os deuses-do-acalanto fizeram sob medida para cabeças atormentadas. O órfão é caminhante cujo trajeto só tem ida. Vive-se eternamente em alto-mar por falta de porto para se atracar. É ruim viver sem mãe — principalmente sem o adeus daquela que se matou. É ruim viver; principalmente só — falando apenas com elas palavras que nascem a todo instante neste bloco de papel de rascunho que já amanhece inquieto carente de vocábulos. Escrever para não morrer; lavrar para não se matar. Ouço senhora aqui atrás dizendo para cavalheiro possivelmente marido que se arrependeu de ter filhos; que se soubesse que seria tão desprezada faria de tudo para não tê-los; que eles são ingratos; egoístas; seres de pouca qualidade. Interlocutor pondera dizendo que a vida é um relógio de repetição e que se canta sempre a mesma cantiga e que eles também fizeram o mesmo com os próprios pais.

Tudo é muito escuro no fundo da transparência — ela me disse numa quase-quinta; domingo continua escuro. Chuvoso. Mas não intimida as gargalhadas intermitentes dos amigos judeus. Parece que nada no mundo estanca o humor deles. Invejo-os. Parece que nada no mundo estanca minha sisudez diante da vida. Sou triste. Melancólico. Decrépito feito senhor ali no corredor apoiando-se na bengala para disfarçar sutilmente a decrepitude dos passos. O domingo também se arrasta nublado trazendo sensação de que o Sol ficou de repente proibido para sempre. Aboliram o amanhã. Vida se estancou no breu. Pelas gargalhadas amiúde todos têm luz própria. Invejo-os: sou a escuridão em pessoa. Ainda não cortei a teia da própria vida porque me seguro nas palavras; o vocábulo é minha âncora. Não é bom viver tempo todo à beira do precipício agarrando-se ao verbo. Vejo minha mãe dançando sozinha na sala. Ouço nada. Sei que a música é flamenca: sou neto de espanhóis. Já está alcoolizada. Lúcida era introspectiva; cabisbaixa. Dança porque está certamente bêbada. Sapateado desajeitado. Toca castanholas invisíveis. Hoje sei que sua vida também era invisível feito eu. Apenas os nove amigos judeus me veem: somos da mesma raça dos decrépitos. A decrepitude nos une mediante condescendência mútua. Vocábulos agora fluem feito filete de areia em ampulheta. São meus escudeiros minha guarda imperial meu porto minha âncora. A palavra é meu balestreiro minha fortificação meu ancoradouro. Vez em quando me canso. Careço do tato; do afago; do olhar; da voz do outro. O vocábulo me afasta da morte mas me deixa também afastado da vida. Vivo à distância. Recluso nesta mesa-mirante anoto vidas esquecendo-me de viver. Não faço amor; não amo; não sou amado. Apenas catalogo decrepitudes. Anoto o anoitecer das pessoas para esquecer o próprio crepúsculo. Senhor ali segurando trêmulo a xícara de chá possivelmente não será mais contemplado com muitos outros amanheceres. Súbito me diz telepático que sua vida foi quase boa e que viveria quase tudo de novo; apenas tentaria impedir dessa vez que o filho cortasse a teia da própria vida depois que decretassem a falência da empresa da família.

A ferida já é o nome de algo inexplorado, de uma fenda e seu mistério que a cicatriz vem tapar — ela me disse outro dia. Minha solidão é ferida que não cicatriza. Minha tristeza também. Minha decrepitude também. Morte espontânea de minha mãe também nunca vai cicatrizar. A vida é uma ferida que só cicatriza com a morte. Vejo-o esbofeteando o rosto dela. Odeio meu pai. Esse ódio também não vai cicatrizar. Existência fica mais pesada sobre os ombros de quem odeia. Mas não consigo esconjurar essa raiva esse rancor essa ira.

É domingo. Chove choro. É choro sem lágrimas. É dor invisível feito eu. É plangência que se aquieta nas entranhas. Sou introspectivo até para sofrer. Vida toda assim: enrodilhado em mim mesmo; homem-caramujo. Ultimamente me pareço mais com homem-parede revestido de papel-palavra. Ficaria menos triste se ela minha mãe tivesse deixado pelo menos um bilhete elíptico com apenas três vocábulos: PERDÃO PRECISO PARTIR. Mas partiu sem dizer adeus. Pelo caminhar altivo da senhora quase septuagenária conduzindo bebê num carrinho desconfio que os netos chegam espargindo primavera nos avós. Inveja agora apareceu-desapareceu feito fogo-fátuo. Sou desajeitado para lidar com crianças. Sei ocupar-me de palavras; ao lado deles vocábulos sou escritor infante em playground. Às vezes penso que nasci apenas para escrever; não nasci para viver; escondo-me atrás das palavras. O verbo é minha trincheira; estou sempre de sobreaviso; preparado para ataques súbitos dele meu Duplo eternamente ali de tocaia do lado de fora do vocábulo. É meu Outro querendo cortar a teia da própria vida feito ela minha mãe. Mas resisto escrevendo assim como eles amigos judeus resistem gargalhando. Eles são talvez o riso de Demócrito; sou possivelmente as lágrimas de Heráclito. Chove choro. Ninguém percebe: melancolia excessiva impede a progressão do pranto; é tristeza que não se expõe. Senhor solitário ali na última mesa à esquerda também chora sem lágrimas; eu sei. Está dizendo-me telepático que viajou tanto para chegar a lugar nenhum, que no fim da festa é sempre assim: fica-se sozinho brindando sem saber o quê consigo mesmo; e que não vai se matar: que também feito eu não gosta da vida mas tem medo da morte. É o infinito mistério da existência póstuma. Sou volúvel. Inconstante. Há momentos em que o prato da balança pende mais para o lado de São Tomás de Aquino; depois Darwin prepondera; às vezes Santo Agostinho; vez em quando Freud — escritor infante sempre na gangorra daquele imaginário playground. Pode ser que Deus tenha criado essa dúvida eterna para sossegar o facho e abaixar nossa crista e arrefecer nossa prepotência. Criador possivelmente decretando a impossibilidade do homem ultrapassar meio palmo sequer além das colunas de Hércules. Sensação de ouvi-lo dizendo imperativo para si mesmo: *Platão é o limite*. Quando indagamos sobre vidas póstumas somos subtraídos ato contínuo à condição de seres eternamente conjecturadores. Manhã está nublada feito eu. Chorosa também. Amigos judeus continuam rebentando-se de riso. Às vezes irrito-me: inveja. Não me lembro dela minha última gargalhada. Quem vida quase toda se escuda nos vocábulos para não ser influenciado pelo desejo de se matar não encontra espaço para o riso frouxo. Sou introspectivo. Melancólico. Vivo de viés. Meu olhar é oblíquo. Os passos são indecisos. Apenas minhas palavras desarmonizam-se altivas fazendo contraste comigo. Mistérios do ofício. Criação sobrepujando-se ao criador.

A arte é promessa utópica de reconciliação entre opostos — ela me disse outro dia; aqui desta mesa-mirante me vejo de súbito no colo de minha mãe. Estamos recostados num tronco de árvore. Ela morde fatia de manga verde com sal. Bebe líquido transparente que sai de dentro do cálice. Cachaça talvez: sempre gostou dessa combinação acidificante. Rejeito bebidas alcoólicas: trauma infantil. Mãe cambaleando pelos cômodos da casa não suscita lembranças bucólicas. Senhora decrépita abdominosa que acaba de sentar à mesa ao lado me pergunta de chofre se vale a pena viver muito. Digo sem abrir mão da ironia que tempo todo me pergunto se vale a pena viver. Ela pondera também irônica argumentando que durante as quatro primeiras décadas a vida não é totalmente desprezível; juventus ventus — diria mãe latinista dela amiga filósofa. Senhora pede torta de peras ao vinho para quem sabe conservar o abdome proeminente. Não vai cortar a teia da própria vida: gourmets não se matam. Minha mãe insiste para que eu coma um pedaço de manga verde com sal. Afasto sua mão que quase se aproxima de minha boca. Tenho sete oito anos se tanto. Revendo esta cena descubro que a vida fez com ela o mesmo que ela sempre fez com as mangas: não deixou amadurecer. Veemência pluviométrica continua. Moça muito bonita muito jovem ali na quinta mesa à direita não me olhou várias vezes; sei porque olhei para ela o mesmo tanto que ela não me olhou. Entendo: não há nenhum motivo para que a primavera contemple o outono. Ela amanhece; eu anoiteço. Mesmo não havendo reciprocidade é bom olhar para sua beleza para sua juventude. Flor no pântano. Se ela me olhasse uma única vez lhe diria telepático para se cuidar e que a vida é breve e que ontem mesmo eu tinha a idade dela. Vejo de súbito minha mãe trabalhando numa prancheta. Acaba de pintar outro rosto indefinido. Angustiante. Parece com ela mas também parece com ele meu pai mas também parece comigo hoje setenta anos depois. Sensação estranha ver agora este rosto assustadoramente tridimensional. Não é por obra do acaso que sou um homem atormentado: herdei os destrambelhos dela. Mas não vou me matar ainda. Elas chegam fluentes feito fio de areia em ampulheta. Sim:

as palavras. Posso ficar horas seguidas aqui dentro deste *templo* moderno que não me inquieto: a palavra é minha paisagem; é rio que deságua no mar que me leva para todos os cantos. Palavra-metamorfose que começa barco termina transatlântico. Viajo. Agora estou de pé na sala de casa. Vejo apenas flores. Sou pequeno demais para ver o rosto de minha mãe dentro do caixão. Choro. Nos dois tempos. Mas na infância as lágrimas corriam em jorro. Ainda chove. Ainda vejo-ouço meu tio puxando meu braço dizendo-me para ir brincar lá fora. Se quando somos adultos encontramos pouca explicação para a morte — na meninice ela é absolutamente inexplicável. Esse não-verei-nunca-mais minha mãe ou meu pai ou meu irmão é na infância o primeiro alerta de que a vida carece de uma certa nobreza — desde o princípio. Antes de sair da sala ouço vizinha cochichando com minha tia: *ela se matou sem dizer adeus*. Esta frase acompanha-me há mais de meio século. Estribilho tormentoso. Repetição monótona tediosa que sussurro vida toda para mim mesmo. Quando chega a decrepitude a própria vida é uma ladainha. Os dias são enfadonhos numa inalterabilidade angustiante. Tudo se arrasta à sua volta — principalmente você. O cotidiano do decrépito é refrão que ficou para trás desencontrando-se da cantiga; *íngale* — diz agora sorrindo meu outro amigo judeu. *Íngale* — correspondo sem também abrir mão do sorriso. Criamos espontâneos sinal cuja palavra nos leva por alguns instantes para dezenas de décadas atrás. *Íngale*. É sonoro ser criança em iídiche. Quando esse amigo passa por mim valendo-se desta senha aproprio-me ato contínuo de uma criança que nunca fui. Amigo judeu pronuncia tal palavra com tanto afeto que mesmo sem saber presenteia-me momentaneamente com a infância que nunca tive. Oferece-me vez em quando a própria infância embalada na sonoridade da palavra *íngale*. Ouso retribuir oferecendo-lhe a solidariedade da decrepitude.

É domingo. Chove. Este será talvez o segundo dia mais longo de minha vida. O primeiro foi aquele que exalou tempo todo perfume-fúnebre que misteriosamente ainda sinto vez em quando. Cheiro floral que vem com a lembrança. É o indesejável aroma da orfandade materna. Vejo agora que as pessoas que circundam o corpo não choram. Entendo: não há motivo para prantear a ida de quem foi por livre-refletida escolha. Cerimônia imposta pela civilidade. Velório pro forma. Bem mais de meio século depois vejo-ouço sussurros maldosos naquela sala. Somos seres de natureza infamante. Não consigo ler os lábios daquela senhora de xale preto cochichando com outra ao mesmo tempo que empurra com o polegar direito as contas do rosário. Possivelmente diz algo absurdo; que minha mãe se matou porque meu pai fugiu para o Cairo com uma prostituta — esta que seria muitos anos depois avó daquela também prostituta que me enviou carta que estimula emoções sempre que leio trechos aqui nesta mesma mesa-mirante. Além de maledicentes somos seres de natureza inventiva. Meu pai não está realmente em casa; deve ter ido cuidar de detalhes do enterro. Mas isso não viria a propósito para fazer lavrar o fogo da bisbilhotice. Até hoje não sei por que minha mãe cortou a teia da própria vida. Sei que meu pai não era bom; que ela bebia e ele batia nela; poderia não ser necessariamente nesta ordem. Hoje acredito na hipótese contrária: não bebia e apanhava mas apanhava e bebia; a vida às vezes parece verso palíndromo. Chove muito. Bom dia para morrer. Ainda não vou cortar a teia da própria vida feito ela minha mãe: a palavra temporiza prorroga remete o desespero para depois. Senhor metódico que se arrasta encurvado passa agora desejando-me mais uma vez *tudo de bom*. Segue com seu sorriso utópico. A decrepitude não o afastou da singeleza nem dos bons presságios. A excessiva curvatura do corpo o obriga a caminhar olhando tempo quase todo para o chão. Descubro agora que também sou ruim feito meu pai: mesmo sem ter nenhum defeito físico não desejo *tudo de bom* para ninguém. Senhor decrépito encurvado que passou por mim é duplamente melhor do que eu.

Escolher a repetição para libertar-se dela — ela amiga filósofa me disse numa quase-quinta. Continua chovendo. Continuo triste. Solitário também. Por isso invento amigos telepáticos. Digo agora para senhor possivelmente septuagenário — na segunda mesa à esquerda que acaba de fechar o jornal e colocá-lo sobre a mesa — que não há nada novo sob o Sol. Sorri aquiescente; e diz que a menção ao Eclesiastes o faz lembrar Salomão e que sequer este sábio babilônico conseguiu criar antídoto para frustrar a ação da própria decrepitude. Agora foi minha vez de sorrir concordante. Estamos no quintal. Ela puxa de súbito o barbante. Pintassilgo cai na arapuca. Giramos juntos feito carrossel comemorando cilada passeriforme. De repente corre e liberta o pássaro. Choro. Reclamo. Não me conformo. Hoje descubro que minha mãe era feia bêbada louca mas não era ruim feito eu feito ele meu pai. Percebo que amigos judeus estão com semblante sóbrio; um deles fala-gesticula muito. Possivelmente chama à memória trechos lacerantes de algum livro de Primo Levi; ou comenta inconformado sobre alguma ação da Bolsa que obedecendo às leis da gravidade se lançou ladeira abaixo. Não pode ser: é domingo. Sei que as gargalhadas estão por enquanto reclusas, enclausuradas atrás da sisudez do assunto. Eles sabem feito ela amiga filósofa que no hiato maduro entre a angústia e o sono o que se distingue é a avaria da memória. Mesmo para os decrépitos o riso está dentro dos limites do possível. Menos o vigor a exuberância o frescor que se impossibilitaram para sempre. Mas a gargalhada natural-inequívoca também é impossível: a decrepitude nos concede apenas risadas despropositadas à semelhança do riso da hiena. Só a morte apazigua esse nada-mais-tem-sentido que a decrepidez nos sussurra a todo instante. Canto de sereia às avessas convencendo Ulisses de que o mar secou. Cavalheiro quase octogenário ali na terceira mesa à esquerda corta refinado seu croissant. Disse-me telepático que não errei nele meu julgamento; que é sim de consciência delicada e espírito nobre e princípios austeros; que envelheceu mas não perdeu a altivez; que a morte quando chegar vai encontrá-lo deste jeito: inquebrantável; possivelmente relendo Proust ou ouvindo a *Nona sinfonia*; que estamos de mútuo acordo quando afirmo — lançando mão da telepatia — que ele é exemplo raro de velhice cuja aparência não demonstra declínio. Sim: sua preservação vai contra as leis naturais. Elegância trazendo aparência de imortalidade. Vendo sua nobreza sinto-me empolgado pela inveja. Vejo três primos também pequenos brincando comigo no quintal. Mais novo diz que ouviu o próprio pai afirmando que minha mãe agora sendo velada na sala não vai para o Céu — é o cristianismo mais uma vez estabelecendo critérios que transcendem o entendimento humano. Ela deveria receber apenas puxão de orelha dos deuses-da-cortesia porque não disse adeus. Indelicadeza maternal de difícil esquecimento. Mãe dela amiga filósofa deixou longo-comovente texto de despedida do qual confidencio agora as três últimas palavras: PERDÃO PRECISO PARTIR. Poderia quem sabe usá-las como epitáfio. Apenas mudaria tempo do verbo: PERDÃO PRECISEI

PARTIR. Mas ainda tenho as próprias palavras que são meu ponto de apoio; ainda tenho meus vocábulos-couraça que me blindam do desejo de partir ex abrupto — diria mãe latinista dela amiga filósofa. O verbo é o filho que não tive; as palavras são hoje a família que perdi já no começo do caminho. A cada página concluída sensação de ter desenhado a própria árvore genealógica. Vejo desta mesa-mirante meu pai chegando na sala. Aproxima-se da vitrola com um disco na mão. Billie Holiday. Trilha sonora do velório. Odeio Billie. Todos que circundam o caixão reprovam gesto *sacrílego* do viúvo. Olhares são repreensivos. Não entenderam a homenagem. Hoje percebo que meu pai não era totalmente ruim.

É domingo. Chove. Amiga filósofa estivesse aqui diria que *nem mesmo os estoicos estão livres do conjunto dos desprazeres que assolam o homem*. Consigo vê-la agora desta mesa-mirante; está em sua biblioteca traduzindo trechos do *Anatomia da melancolia*; disse-me outro dia que este livro de Robert Burton foi publicado em 1621; que o autor mostra que a melancolia não é apenas uma ameaça a partir da qual se pode instaurar a vida e o sentido ou um fio que costura a sua apreensão do humano — mas o próprio fator designador do humano como ser de tensão e oposição. Ela me ensinou mais coisas que aquela outra amiga a Virginia que ficava comigo nesta mesa tarde toda sem dizer nada olhando para lugar nenhum. Hoje sei que pensava em cortar a teia da própria vida. Trago à memória frase lacônica que ela me disse de súbito quebrando silêncio de horas seguidas: *Leonard ficará triste mas entenderá minha decisão*. Saudade da amiga Virginia Woolf. O vocábulo não foi sua âncora. Gostava dela apesar do silêncio angustiante. Seu olhar sim era eloquente. Considerava meus questionamentos tediosos. Conservava-se arredia diante de minhas coscuvilhices literárias. Hoje entendo: quando pensamos em nos matar tudo fica irrelevante; só a morte apresenta-se em acentuado relevo. Lembrando-me agora de Virginia descubro que a melancolia é o primum mobile da desistência in totum; é o peso a mais que falta para desprender a raiz do galho no qual nos agarramos desesperados na beira do abismo. Amiga Woolf era extremamente melancólica. Bonita. Beleza britânica sem alarde. Encantamento sóbrio. Gostava de vê-la conduzindo suavemente a xícara de chá até os lábios. Nesses quase seis meses de discreta convivência acho que sorriu para mim duas três vezes se tanto. Concordava-discordava com sutis meneios de cabeça. Hoje entendo: suicidas convictos são monossilábicos. Mas agora estou absolutamente só nesta mesa-mirante — meu eremitério moderno. Tempo todo aqui catalogando decrepitudes alheias para afogar no esquecimento a própria decrepidez. Senhora trêmula na segunda mesa à direita deixou cair sorvete no colo. Acompanhante profissional limpou com certa displicência. Se senhora decrépita olhasse nos meus olhos lhe diria telepático: *a decrepitude é substantivo bizarro impregnado de iniquidades e traquinices.* É triste ver a tremura da mão frustrando chegada da iguaria nos lábios de uma *íngale* octogenária. O desfecho da vida é cheio de indelicadezas. Agora vejo minha tia erguendo-me para mostrar o rosto pálido de minha mãe entre as flores. Choro. Vizinha sussurra em meu ouvido: *ela está apenas dormindo*. Comentários à beira do caixão são sempre desprovidos de substância. Meu pai me pega no colo dizendo que sou muito novo e que eu não entenderia se dissesse que a vida é ruim. Volto correndo para o quintal.

A verdade — o fundo restante das coisas — arde, fere, abre feridas — ela amiga filósofa me disse numa quase-quinta. Sim: a vida é ruim. Amigos judeus tenho certeza não concordam: estão gargalhando outra vez. Humor infinito. Ingênito. Às vezes olham-me piedosos. Desconfio que pensam em uníssono: *vida dele escritor solitário-introspectivo deve ser muito ruim*. A decrepitude é desastrosa; mais desastroso é envelhecer sem amigos também decrépitos para um fazer galhofa da decrepidez do outro. Solidão da velhice é a mais pungente de todas as solidões. Mas ainda não vou cortar a teia da própria vida: a palavra é meu sustentáculo; o vocábulo entorpece meu desassossego. Escrever para esconjurar as inquietudes — mesmo sabendo da impossibilidade de esquivar-se da melancolia apenas mudando de calçada. Senhora octogenária aquela do sorvete me disse agora que a vida tem a fragilidade e o mistério da crisálida;

e a dualidade do álamo — repliquei também telepático. A decrepitude tirou-nos quase tudo menos o gosto pela analogia. Se ela me olhasse outra vez lhe diria que esta minha caneta é meu cálamo; este bloco de rascunho minha tábua sagrada. Mas ela se levantou. Caminha de costas levando consigo de arrasto a própria decrepidez. Talvez volte nunca mais. Esses amigos efêmeros também vão sem dizer adeus. Agora vejo minha mãe esfregando meu corpo com material fibroso untado com sabão. Reclamo: dói muito. Ela diz que preciso ir me acostumando desde já com as dores. Canta com dificuldade *My funny valentine*: está bêbada. Estou sentado numa bacia de água morna. Ela para de súbito a cantoria sussurrando no meu ouvido: *não verei você entrando na adolescência*. Chora. Aqui chove. Muito. O domingo se arrasta deixando a quase-quinta para as calendas gregas. Solidão é grande. Vontade de sentar-me ali com eles amigos judeus. Poderia contar-lhes a história do encontro daquele escritor judeu de Praga com menina numa praça que chorava porque perdera sua boneca; poderia contar-lhes esse acontecimento emocionante em detalhes dizendo que autor tcheco disse de pronto que boneca não havia sumido, apenas viajara, e que ele provaria isso mostrando carta dela na próxima semana; assim fez durante quase um mês até o dia em que resolveu escrever a última carta na qual boneca comunicava entre aspas seu casamento. Mas não vou fazer amigos judeus de cobaias da minha solidão. Melhor manter nossa amizade à distância. Do mesmo jeito que dividimos solidariamente também à distância nossas decrepitudes. Sensação estranha: parece que minha vida vai patinar para sempre dentro deste domingo chuvoso; que os deuses-da-descontinuidade decretaram a proibição provisória do próximo amanhecer. Por enquanto viverei somente dentro deste domingo nublado-chuvoso que poderá durar quem sabe uma década. Decreto personalizado. Sim: solidão enlouquece. Principalmente quando acompanha pari passu o galope da decrepitude. Continuo triste. Nunca pedi para ela amiga filósofa opinar sobre minha excessiva autocomiseração. Certamente diria irônica que *sempre há uma chance de se morrer de vez*. Tenho piedade de tudo-todos principalmente de mim mesmo. *Voyeur* pobre-diabo catalogando caídas alheias para esquecer-me dos próprios tombos. A palavra é meu Letes. Senhora decrépita aqui ao meu lado sorri olhando mãe jovem brincando com bebê noutra mesa mais adiante. Possivelmente pensa no neto que não teve. Ou no filho que nunca existiu. Ou na inexistência da própria vida. Está só. Bengala caiu agora do colo. Sou gentil. Agradece argumentando: *este bastão de madeira é uma ilusão: de qualquer jeito meus passos não me levam a lugar nenhum*. Olho aquiescente. Depois que chega a decrepitude só a morte nos leva. Também para lugar nenhum — possivelmente. Vejo-me deitado no chão da sala. Desenho qualquer coisa no caderno. Meu pai sentado no sofá ouve Billie

Holiday. Chora. Saudade talvez. Somos seres intrincados: nossos sentimentos são confusos. O poeta já falou que a mão que apedreja é a mesma que afaga. Deve ser bom não ter mãe que se matou sem dizer adeus. Deve ser bom gostar de Billie. Deve ser bom ter muitos amigos para exercitar a gargalhada coletiva. Vontade de sentar-me à mesa deles para contar a piada preferida daquele judeu sem Deus de Viena: marido se aproxima da esposa e diz: *quando um de nós morrer eu irei para Paris.* Mas sou tímido introspectivo melancólico. Não conseguiria me aproximar deles. Amizade à distância. Ainda chove muito neste domingo infinito. Mas a infinitude é uma ilusão. A sensatez não está na invenção mas em trazer enraizado no invento seu irreversível efeito revogador. Ainda não vou me revogar — de motopróprio. A palavra afugenta minha inquietude. O vocábulo é meu espantalho: conserva afastado o voo rasante do desejo de cortar a teia da própria vida; a palavra é canto que acalanta minhas noites de promessas insones; o verbo é meu Virgílio ajudando-me a atravessar ileso os ciclos do Inferno. Escrever para não fenecer. Juntas as palavras se pluralizam reconfortando minha singular solidão. O verbo aquieta meu desespero. É ruim viver tempo todo blindado de vocábulos-elmos. Moça bonita na quinta mesa à esquerda me disse agora que minha tentativa de flerte é ridícula; que avô dela tem certamente minha idade. Digo-lhe também telepático que possuidor de palavras próprias feito eu sempre confunde os naipes do rejuvenescimento; que ela não é obrigada a saber que minha juventude está nas entrelinhas. Volto ao meu bloco de rascunho em branco também carente do afago do vocábulo. Estamos agora num parque de diversão diante do estande de tiro ao alvo. Meu pai me coloca sobre o balcão para vê-lo derrubando um a um todos os patinhos de metal que desfilam à sua frente. É bom atirador. Esta foi possivelmente uma de suas pouquíssimas qualidades. Trovões voltaram. Desta mesa-mirante vejo que relampeja. Sou medroso. Sempre fui medroso; tenho medo de tudo. Se pudesse escolher não viria: a vida me amedronta. Pavor agora aumenta com a propagação da decrepitude. Escrever para dissimular a possibilidade do desvelhecimento. *Recriar as partes corroídas do fígado de Prometeu* — diria amiga filósofa. Mas é absolutamente impossível: velhice é bumerangue amnésico cujo súbito esquecimento lhe permite concluir apenas o trajeto de ida. Decrépitos sabem que a morte não chega caminhando — vem sobre Pégasus. Senhora decrépita ali no corredor arrastando-se apoiada na bengala pelo jeito subirá em breve na garupa desse cavalo alado. Curiosa trajetória esta nossa — desde o início rumo ao desconhecido: começamos engatinhando terminamos voando sabe-se lá para onde. Mistérios que os pré-socráticos sequer os posteriores conseguiram desvendar.

É domingo. Chove. A vida é ruim; eu sei. Menos para amigos judeus: suas gargalhadas intermitentes me levam a acreditar que somente meus dias são nublados e chuvosos; que a próxima quase-quinta foi impedida apenas para mim; decreto personalizado. Sei que o riso frouxo deles vez em quando me irrita. Solidão provoca o tédio. Às vezes atrai também a inveja. Senhora octogenária na mesa ao lado lê jornal para moça que faz ouvidos moucos. Esta me disse telepática: *sou paga para acompanhá-la; não para ouvi-la*. É a decrepitude trazendo-nos o brinde-humilhação antes do presente-morte. Mas ela senhora decrépita continua. Possivelmente sabe que envelhecer é abater o próprio orgulho. Pela fluência se percebe que a decrepitude não lhe trouxe tibieza no ato de ler em voz alta. Concluo que este acontecimento aparentemente vexatório é calculado: lê apenas para exercitar a locução. Slogan dos decrépitos: ABSTRAIR

PARA NÃO DESISTIR. Quando o fim se avizinha todas as coisas têm a beleza inútil do caleidoscópio. A feiura sequer existe. Humilhação e vexame e constrangimento — tudo jogado ato contínuo ao fundo do baú do Nada absoluto. A decrepitude tem suas vantagens: ignoramos o olhar do outro porque decretamos nossa própria invisibilidade. Inútil preocupar-se com o sorvete que cai no colo: a morte vai daqui a pouco recostar sua cabeça neste mesmo colo para praticar o sono eterno. Três jovens engravatados sentados aqui atrás discutem negócios. São dinâmicos. Domingos chuvosos não intimidam seus espíritos empreendedores. Um dia saberão que não há dinheiro no mundo que aplaque a fúria da decrepidez. Minha mãe joga bola comigo no quintal; fica no gol improvisado entre dois troncos de mangueiras; generosa, transforma-me num autêntico artilheiro. Rimos. Não está bêbada: ainda é cedo. Três dias depois foi sua vez de fazer gol contra: matou-se. Brincava comigo feito menino. Mulher-moleque: partiu sem dizer adeus. Vida toda vivi na orfandade materna; acostuma-se nunca. Deve ser bom ter mãe mesmo para se aborrecer com seus excessivos cuidados. Mas sei que sobrevivendo cuidaria dela: faria chá de boldo para aquietar suas infinitas manhãs de ressaca. Seria talvez seu marchand amador vendendo seus quadros ruins nas feiras de domingo. Ou seria quem sabe o único parente a visitá-la no hospício. Lucubrações inúteis: ela interrompeu possíveis desventuras cortando a teia da própria vida. Mãe de amiga filósofa diz num trecho da carta-despedida que *estava ausente de chão firme; que estava trafegando sem solo sem margem sem determinação; barco à deriva; que procurou atalhos-desvios mas se deixou perder neles; que se esforçou inutilmente para não cair no fosso.* Sim: difícil resistir às vertigens da beira do abismo. Viver é desequilibrar-se amiúde. A palavra é meu parapeito; escrever para não ceder. Senhora septuagenária na quinta mesa à direita disse-me agora que se pudesse viveria outro tanto e que amou muito o extinto marido e que tem filhos bem-sucedidos e netos bem-encaminhados e que meu olhar é triste e que o dia não ficará nublado para sempre. Recuso-me a iniciar diálogo telepático: a aparente felicidade em excesso é insultante. Apenas sorrio para não me mostrar indelicado; a descortesia não faz parte do séquito da decrepidez. Deve ser bom passar boa parte da vida em paz consigo mesmo; estoicismo exemplar. Sou naturalmente atormentado. Às vezes penso que um grande amor aquietaria minha inquietude. Poderia ser à semelhança de Abelardo e Heloísa. Em vez de catalogar decrepitudes estaria agora nesta masmorra moderna escrevendo cartas encantadoras. Os grandes amores também não fazem parte do séquito da decrepidez. Senhor ali na mesa mais adiante acaba de levantar-se dificultoso com o auxílio do acompanhante profissional. Decrepitude e suas nuanças. Neste caso exagerou demais no cinza escuro. Impossível saber agora quais tonalidades me espreitam. Sei que para a velhice nunca há arco-íris depois da chuva. Meu pai pendura quadros de minha mãe na parede do corredor de casa; seis; todos do tamanho de caixa de sapatos na horizontal; pavorosos. Atitude inexplicável: ele nunca gostou dela sequer como artista.

Uma promessa de luz está sempre contida nos subterrâneos da negação — ela amiga filósofa me disse numa quase-quinta. Vejo aqui desta mesa-mirante com nitidez que se minha mãe fosse verdadeiramente louca pintaria melhor. Era apenas feito eu: vítima do desencontro de si mesma. Errou pensando que poderia fazer da bebida sua bússola. Possivelmente erro fazendo da palavra minha bebida; o verbo é meu vício; acostuma-se com os deliria tremens instigados pelo uso excessivo dos vocábulos; sou dependente de palavras. Este bloco de rascunho em branco provoca em mim a mesma ansiedade que o copo vazio despertava em minha mãe. Casal octogenário caminha ali de mãos dadas. Carinho solidificado numa vida inteira. Amor quando amadurece traz a solidez do companheirismo. Deve ser bom enfrentar de mãos dadas a decrepitude. Sinto que um deles ficará apenas para logo morrer de saudade do outro. Ainda chove. Ainda relampeja com intermitência. Hoje será seguramente o segundo dia mais longo de minha vida; o primeiro foi aquele em que minha mãe ficou estendida entre velas tímidas e flores emurchecidas e choros adiáforos. Pura formalidade fúnebre. Sensação de estar vivendo um domingo tempestuoso cujos minutos se assemelham àqueles quadrúpedes que vez em quando empacam sistemáticos no meio do caminho. Dia-estanque: teima em não amanhecer nunca mais. A decrepitude segue célere, impassível, alheia à vagareza desse tempo teimoso somente meu. Tempo-personalizado; tempo-melancolia: patinha-se no tédio espargindo tristeza para todos os lados; tempo chuvoso inundando a perspectiva da quase-quinta. Escritor decrépito condenado ao monólogo ad infinitum. Aqui desta mesa-mirante observo relâmpejos alheios para esquecer-me da própria tempestade. Agora minha mãe me ajuda a empinar papagaio cuja linha sai de carretilha improvisada que ela mesma esculpiu. Estamos num terreno descampado. Vento favorável faz subir aos ares o brinquedo de papel. Súbito linha se arrebenta. Nossa pandorga vai aos poucos ocultando-se à vista sem deixar vestígios. Hoje comprovo que o incidente foi deliberado; intencional: mãe-molecagem; mulher-traquinice. Tenho saudade dela. Mais de meio século depois descubro que além de mãe foi também irmão mais velho: brincava comigo de igual para igual. Meu pai ao contrário se mostrava pouco à vontade, não se amoldava bem às travessuras; era desajeitado para a descontração. Segui seus passos: sou introspectivo; melancólico; nublado feito este domingo. Minha mãe era feia bêbada louca; e irônica; e rebelde; e sempre disponível para o riso apesar de chorar muito, motivada pela embriaguez. Vida seria ainda mais pálida sem essas tonalidades dicotômicas. Moça ali na sexta mesa à esquerda sorriu quando lhe comuniquei que quando cruzamos nossos olhares rejuvenesço alguns anos. Ela disse-me também telepática e também irônica que mesmo flertando dia todo comigo eu não conseguiria retroceder o suficiente para tocar as raias de sua juventude. Trocamos sorrisos unissonantes. Envelhecer é alimentar-se de namoros utópicos. A vida é utópica: morreremos infalivelmente ou no primeiro ou no segundo ou no terceiro ato feito eu: ator decrépito interpretando para plateia nenhuma. Ela se levantou. Saiu sem dizer adeus. Nunca vou me acostumar com esses gestos descorteses. Água continua correndo em jorro; choverá para sempre talvez; inundará tudo. Seja como for, de um jeito ou de outro naufragaremos mais cedo mais tarde. As Fiandeiras decidirão. Não somos timoneiros sequer do próprio barco. Percebo que a mesa dos amigos judeus está agora ocupada por apenas dois deles. Não fosse tão tímido poderia aproximar-me para lhes contar outras histórias daquele escritor judeu de Praga que sofrendo muito num leito apelou sem bom êxito para amigo: *mate-me, senão você será um assassino*. Timidez impede aproximações improvisadas. Melhor continuar quieto nesta mesa-mirante catalogando declinações alheias para esquecer-me da própria derrocada. Escrever para não esvaecer. A palavra é meu instrumento cortante abrindo veredas rumo ao possivelmente incognoscível. Escrevo para frustrar a melancolia e a solidão. Meu vocábulo é corrente sobre roda que patinha no lamaçal. Lavrar para não soçobrar. Vivo às escondidas nas entrelinhas do próprio texto para não sucumbir ao desejo de cortar a teia da própria vida. Estou recostado de cócoras no tronco da mangueira. Choro: saudade dela minha mãe. Meu pai se aproxima dizendo que sou ainda muito novo para entender que viver é catalogar perdas. Peço para experimentar pela primeira vez fatia de manga verde com sal: homenagem póstuma. Mãe dela amiga filósofa diz num trecho da carta-despedida que *o silêncio está à mostra por todos os lados e que é escuro demais e que aos poucos a escuridão avança com uma falha de claridade rondando e que não se importa com mais nada e que é preciso abrir a porta e que a porta agora está aberta e que ninguém pode atravessá-la*. Adolescentes passam rindo saltitantes no corredor deixando impressão de que não há dia nublado-chuvoso no roteiro da juventude. Mulher de meia-idade também assídua também sozinha ali numa mesa de fundo diz saber dele meu ofício, por isso conta-me que vem todos os dias para ficar admirando jovem garçonete de cabelos ruivos e que é amor inexplicável avassalador surgido de súbito num domingo meses atrás quando esteve aqui com marido mais dois filhos pequenos; e que precisava contar para alguém, senão enlouqueceria. Digo também telepático que viver é se expor à sorte das surpreendências. Olho agora com outros olhos para atendente ruiva notando que é sim encantadora apesar de ocultar-se atrás da apática vestimenta padronizada. Chove. Relampeja. Ouço trovões. Lembro-me do abraço-abrandamento dela minha mãe. Para filho pequeno medroso feito eu era reconfortante recostar a cabeça naquele colo revestido talvez de cortiça invisível para abafar os estrondos da tempestade. Agora me escondendo trêmulo atrás deles meus vocábulos acústicos. Senhora ali na frente de cabelos totalmente grisalhos senta apoiando a testa na palma da mão direita. Fecha os olhos. Sente-se mal. Acompanhante fica atenta na outra cadeira. Morte enviando quem sabe mensagem via decrepitude in totum. Mas ela se recompõe. Levanta-se com dificuldade. Segue seu caminho certamente efêmero. Envelhecer é conviver com sustos reiterados. Vive-se sob a espada de Dâmocles. Sensação do decrépito ao atravessar mais um dia é quase a mesma do aventureiro transpondo as águas de mais um oceano. Diferença é que o navio do primeiro já sai do cais com remendos no casco.

É domingo. Chove. Trovões prenunciam chegada de outro Dilúvio. Melhor assim: morreremos no mesmo naufrágio. Todos Ântifos sendo igualmente devorados pelo gigante Polifemo. O cataclismo é a culminância da equidade: realiza irônico nosso utópico desejo de igualdade absoluta entre os homens. O dia amanheceu realmente pavoroso — próprio para agir à semelhança de mãe que quebrou o fio da própria vida sem dizer adeus. Mas agarro-me à palavra feito náufrago que se aferra à sua tábua num ponto qualquer do mar afastado da costa. Lavrar para não se afogar. É ruim viver tempo inteiro esgrimindo-se com o desejo de deixar tudo-todos — de moto-próprio. Vida toda trago essa pílula invisível a tiracolo. Isordil às avessas. Estamos na igreja. Meu pai assiste à cerimônia. Incomodo-me com pedacinho de hóstia colado no céu da boca. Fico sem saber se posso capturá-lo com a língua. Qualquer procedimento alheio à absorvência natural pela própria saliva poderá ser profanador. Estou ajoelhado diante do altar. Calça curta; paletó; gravata-borboleta — todos pretos; camisa e meias são brancas. Alívio: já não há mais nenhum vestígio de hóstia. Meu pai agora olha para o teto procurando talvez — evidentemente sem sucesso — algum original de Michelangelo. Era ateu. Tempos depois admitiu que me levou para fazer a primeira comunhão por insistência dela minha mãe dia anterior à sua retirada definitiva. Já no início da adolescência ele meu pai me mostrou através da história que a religião é desde tempos imemoriais uma fonte viva de violência. Hoje as palavras são contas do meu rosário; o vocábulo é minha devoção; o verbo minha crença. Escrever para protelar a chegada do Nada absoluto. Não gosto da vida mas tenho medo da morte. Meada de difícil desenredo. Sei que outro Dilúvio se aproxima numa carreira vertiginosa. Nada-ninguém conseguirá conter sua veemência pluviométrica. Próxima quase-quinta nunca mais. Amiga filósofa estivesse aqui relembraria que *os mortos não conhecem a solidão: estão sempre juntos; e quando ficam sozinhos rezam*. Não sei mais o caminho das súplicas dos ladários das genuflexões. Envelhecer é desaprender. Cavalheiro na mesa vizinha dos amigos judeus me disse telepático que já viveu tempos ostentatórios e que foi executivo de respeito mas hoje vive sozinho num quarto de hotel ruim e que amizade é ilusão e amor também e família também e que está desesperado e que não se preparou para possíveis fracassos e que talvez corte a teia da própria vida ainda hoje. Não há sinceridade no seu olhar. Também me utilizo da comunicação extrassensorial de pensamentos para dizer-lhe que não precisa lançar mão do suicídio: a natureza desde sempre sábia vai daqui a pouco enviar providencial cataclismo. Sorriso dele é artificial. Não gosto de diálogos inclusive telepáticos com pessoas autocomiserativas feito eu. Conheço meus iguais num relance: nossos olhares além de piedosos são geralmente pouco nítidos; hesitantes; dúbios. Há muito medo escondido atrás da introspecção. Somos feitos de argamassa de duvidosa procedência. Tempo todo em perspectiva de desabamento. Seres-marquise sustentados por caibros corrompidos. Estamos agora num canto liso limpo do quintal. Chão de terra batida. Minha mãe tira de uma caixa várias bolas de gude. Vejo a quase dois metros de distância nosso objetivo: caçapa improvisada com pequena pá. Raramente acertamos o alvo. Ela me diz mais uma vez debochada depois de inúmeras e frustradas tentativas: *não nascemos para vencer*. Cavalheiro que estava na mesa vizinha dos amigos judeus passou por mim aparentando altivez. Somos além de tudo dissimulados.

O que não se pode ver está ali pesando sobre as pálpebras como moedas de bronze azinhavrado — ela amiga filósofa me disse numa quase-quinta. Agora são três os amigos judeus.

Minha timidez também é ímpar. Poderia aproximar-me para lhes contar que aquele escritor judeu de Praga era capaz de gestos impressionantes: quando foi apresentado a um intelectual cego, também tcheco, apenas se inclinou sem dizer palavra. Mas não vou: timidez impede aproximações improvisadas. Melhor continuar quieto nesta mesa-mirante catalogando desmoronamentos alheios para esquecer-me da própria ruína. Duas jovens numa mesa mais adiante comendo torta de peras ao vinho discordam com veemência quando lhes digo telepático que a vida é ruim; a mais nova me repreende: *ora, cavalheiro decrépito, não seja tão maldosamente sádico tentando antecipar nossa decrepitude em pelo menos meio século.* Desvio o olhar para não lhes dizer olhos nos olhos que mesmo em quantidades dessemelhantes as folhas caem nas outras estações além do outono.

O domingo continua chuvoso. Melancólico. Bom dia para morrer. Trovões continuam anunciando a chegada da grande inundação. Eu e meus vocábulos e minha melancolia e meus medos e minha solidão seremos todos vítimas da mesma tempestade diluviosa que se aproxima inexorável — preservando-me ironicamente do irresoluto suicídio. Rapaz ali na última mesa à direita lendo revista talvez não seja tão fatalista. Considera esses estrondos apenas resultado natural causado por descarga de eletricidade atmosférica. Deve ser bom viver indiferente aos cataclismos alheios. Imagino que esteja lendo história daquele terrorista que jogou bomba numa embaixada do Cairo — na mesma rua em que nasceu prostituta aquela que me enviou entre aspas linda carta de amor. Pela serenidade das outras pessoas que estão à minha volta concluo que o desastre que se aproxima será apenas meu, sob medida para suicidas indecisos. Noé foi possivelmente atendido quando pediu aos deuses-da-natureza que não fossem de novo tão equânimes; que enviassem da próxima vez apenas dilúvios personalizados; somente eu serei vítima deste tempo naufragoso. Chuveiro está ligado. Primeira vez que tomo banho sozinho sem ela minha mãe. Choro. Tem espuma de sabonete nos meus olhos. Chamo meu pai desesperado. Ele diz do corredor que preciso aprender desde cedo a defender-me das ardências da vida. Tateando finalmente encontro a toalha. Não sei se é possível odiar o pai vida toda por algo aparentemente tão insignificante. Acho que o odiava inextenso pela reunião das partes que formavam um todo. Moça escorregou no corredor. Caiu de joelhos segurando bolsa e sacolas. Cena insólita. Dispensou minha ajuda. Voltei sem jeito. Senhora decrépita numa mesa distante me diz que mesmo ao rés do chão a juventude se mostra altiva diante da decrepitude. Digo-lhe também telepático que não devemos confundir grosseria com altivez. Mas entendo: mulher moderna independente considera o cavalheirismo atitude velada do homem tentando mostrar cinicamente sua superioridade. Que cada qual cuide das próprias quedas. Não é por obra do acaso que até os dilúvios são hoje individualizados. O meu está a caminho: trovões anunciam repetitivos. Rapaz lendo revista continua indiferente aos estrondos: sabe que seu arco-íris mais cedo mais tarde despontará nas alturas. Sei-sinto-pressinto que os deuses-da-natureza nunca mais provocarão para mim esse fenômeno resultante da dispersão de luz solar em gotículas d'água suspensas na atmosfera. O decrépito é o ímã da nebulosidade in perpetuum; a decrepidez é o sótão no qual somos jogados para sempre; ela a velhice chega para confirmar autenticamente que a vida é um chiste desagradável. Mãe jovem na mesa ao lado segura bebê lembrando-me do avô que nunca serei. Não retribuo o sorriso: não quero intimidades com o futuro. O que evito mesmo é contaminá-lo com meu azedume. Desvio o olhar. Entendo-me melhor com eles meus iguais — todos minguados de amanhãs. Parte superior da ampulheta mostra quantidade insignificante de areia e não pode mais ser virada ao contrário. Minha mãe passa mertiolate no meu braço. Assopra. Choro muito. Não me lembro o motivo do acidente. Apenas vejo-ouço ela dizendo-me baixinho que terei vida afora outros cortes mais profundos. Meu nascimento foi um descuido: eles nunca quiseram ter filhos. Entendo: também não quero. Niilistas não deveriam procriar. Meus pais eram totalmente descrentes. Não sou. Caso contrário não ficaria driblando com vocábulos o desejo de cortar a teia da própria vida. Agora são nove os amigos judeus; grupo está completo outra vez. Discussão parece acalorada; o de paletó marrom faz anotações num sulfite; possivelmente inventaram jogo mórbido — ao mesmo tempo bem-humorado; acho que um vota no outro dizendo quem morrerá primeiro. O redator da ata entre aspas parece ser também o tesoureiro: arrecada e guarda numa caixinha cheques e cédulas. Não há mais dúvida: o dilúvio que se aproxima é mesmo personalizado; apenas meu. Pela leitura labial descubro que estão falando em infarto e câncer e atropelamento. Escrevente diz que o suicídio do eleito desclassifica o eleitor. Não fosse tão tímido poderia me aproximar para contar-lhes outras histórias daquele escritor judeu de Praga que sabia que somos seres inviáveis. Mas não vou: timidez impede aproximações improvisadas. Um deles levantou-se visivelmente aborrecido; os outros mantêm o riso frouxo.

Quando há verdade nas coisas, ela passeia em desaviso — amiga filósofa me disse outro dia. Olhando em direção à entrada principal deste *templo* moderno percebo que está tudo muito escuro lá fora. Parece que a noite voltou interrompendo de súbito a consolidação do amanhecer. Imagem disponível apenas para quem tenha talvez o olhar melancólico: não vejo ninguém perplexo diante deste repentino breu externo — eclipse possivelmente personalizado. A melancolia é pródiga de nebulosidades. Somos exímios anoitecedores: sabemos criar escuridões próprias a qualquer instante. Olhar-ébano. Moça ali na mesa mais adiante sentada de costas lê livro de quatrocentas quinhentas páginas possivelmente. Grifa trechos a lápis. Escreve nas entrelinhas;

leitora participativa. Agora anota na margem da página à direita. Muitos fazem à semelhança dela valendo-se da caneta. Ornitólogo apropriando-se do voo dos pássaros. Odi profanum vulgus — diria mãe latinista dela amiga filósofa. Sou leitor-pichador às avessas: procuro sempre abluir as mãos antes de folhear principalmente um Bruno Schulz ou um Hermann Broch ou um Cornelio Penna ou um Robert Musil. Sempre reverencioso descalço-me ao entrar num templo. Estou no quarto diante da escrivaninha. Meu pai me ajuda a construir frases no caderno de caligrafia. Terminamos de escrever dez vezes seguidas EU AMO O MEU PAÍS. Pergunto se ela professora ficaria brava se colocássemos por conta própria um ponto de interrogação. Sorri cínico dizendo que preciso aprender desde cedo a correr riscos. Descobri dia seguinte na sala de aula o significado da palavra palmatória. Meus pais meu país — nunca os amei. Senhora que se sentou agora à mesa dos fundos me disse que sofre muito com recente viuvez e que os dias e as noites andam muito vazios e que sente falta principalmente dos diálogos que sempre foram infindáveis entre eles; argumento também telepático que a tecnologia apenas se revelará avançada para mim quando inventarem aparelho místico para transmitir à distância inimaginável a palavra falada. Ela sorri. Parece-me inteligente. Digo-lhe ainda — lançando mão da sabedoria de Santo Anselmo — que marido dela possivelmente faz algo melhor do que existir. Não disfarça a perplexidez. Percebo minha precipitação ao detectar os digamos decibéis de sua inteligência. Desvio o olhar. Vejo clarões lá fora: relampeja. Nunca pensei tão seriamente no apocalipse feito agora. Coincidência ou não, são quatro as portas de entrada deste *templo* moderno. Sob medida para os tais cavaleiros. Mas ainda não ouço o relinchar de seus cavalos: trovões não deixam. Pela tranquilidade das pessoas à minha volta o apocalipse também será personalizado; fim do meu mundo. Cena seria cinematográfica: quatro cavaleiros sem rosto entrando aqui a galope com suas longas capas negras. Acredito na possibilidade dos cavalos se empacarem medrosos logo à entrada: *templo* moderno feito este nasce refratário aos maus intentos. De qualquer jeito imagem seria aterrorizante. Por enquanto apenas chove e relampeja e troveja. Garçonete ruiva confirma: *sim, senhor escritor, está chovendo relampejando trovejando para todos nós*. Tranquilizo-me: o mundo não se personalizou de vez; ainda há nebulosidades coletivas; nem todo cataclismo é personalizado. Pelas gargalhadas contínuas deles amigos judeus concluo que a melancolia sim é pessoal — intransferível. Minha tristeza encaixa-se in totum de cócoras apenas naquele recanto esconso de minha alma. Senhor decrépito de passos mínimos passa agora por mim apoiando-se na bengala. Imagino as infinitas histórias que teria para contar-me se sentasse à minha mesa. Não acharia surpreendente se me dissesse que também conheceu aquela prostituta do

Cairo; que juntos trouxeram ao mundo uma filha e que o genro explodiu embaixada na capital egípcia. Mas pela postura cabisbaixa não há dúvida: passou lentamente por mim um homem-monólogo; suas histórias são recontadas por ele para ele mesmo. *Quem ainda sobrevive é fantasma vivo* — diria amiga filósofa. Estamos sentados sobre o galho gigantesco da mangueira; estou trêmulo. Minha mãe diz que no começo é assim, depois aprendemos a domar as vertigens. Não é verdade: ainda tenho reações vertiginosas sempre que fico num ponto qualquer acima do chão. Volto à minha mesa-mirante. Aquemênides esquecido na ilha dos ciclopes.

É domingo. Ainda chove muito relampeja muito troveja muito. Não há como conter a fúria dos deuses-da-perturbação atmosférica. Mulher apaixonada pela ruiva passa agora por mim sem dizer palavra. Seu olhar me recomenda discrição. Não cometerei inconfidências; não revelarei nosso segredo principalmente para ela moça primum mobile de sua paixão. Caminha titubeante acobertando nas reticências minha curiosidade em saber se voltará outras vezes ou se tentará consignar ao esquecimento esse insoletrável e recôndito e inacessível amor. Sei que seus passos são indecisos — semelhantes talvez ao próprio coração que possivelmente se move a todos os ventos. É dilacerante quando nos sentimos impotentes diante das surpreendências da vida. Garçonete ruiva trouxe-me outro café. Saberá jamais que desestruturou in totum o coração daquela infeliz ali deixando este *templo* moderno feito nau sem rumo em plena tempestade. A vida é ruim; eu sei. Não sou melancólico por obra do acaso; tenho motivos de sobejo para reprimir o sorriso. Melancolia é a versão feminina do demônio Abigor, aquele que mora na parte norte do Sétimo Círculo do Inferno. Mas ainda não vou cortar a teia da própria vida feito ela minha mãe: o vocábulo é minha âncora; a palavra é meu refúgio; escrever para não esvaecer. O domingo continua se movendo vagarosamente; parece que ainda não saiu do lugar desde que cheguei nesta mesa-mirante — onde catalogo escorregões alheios para esquecer-me dos próprios tombos. Domingo demoroso; afina-se com a lenteza imposta pela decrepitude; domingo desalumiado; afina-se comigo: sou soturno opaco sombrio. Vida toda fui assim; meus pais também eram lúgubres; minha mãe pouco mais ciclotímica às vezes concedia espaço às traquinices; ao riso frouxo; modo geral comportavam-se em consonância com a ruindade da vida: não sustentavam ilusões com primaveras sofísticas. Meu pai espera-me à saída da escola. Percebe que utilizo da mochila para esconder alguma coisa. Agora descobre que a urina desenhou espontaneamente o mapa da Groenlândia nela minha calça antes toda branca. Ri debochado. Desde pequeno irritava-me com seu excessivo cinismo. Ainda detesto a palavra INSÓLITO: ele a repetiu três vezes naquela manhã em que a incontinência urinária sobrepujou minha timidez ali mesmo dentro da sala de aula. INSÓLITO — até hoje não tenho certeza mas acho que o escutei sussurrando este adjetivo à beira do caixão de minha mãe. Difícil saber se é mais estranho à razão cortar a teia da própria vida ou insistir em viver. Sei que meus pais formavam uma dupla incomum. Se fossem vivos seríamos claro um trio; todos igualmente decrépitos; todos igualmente insólitos. Garçonete ruiva se aproxima dizendo ter percebido que tenho olhar radioscópico deslindando circunstantes em todos os seus aspectos; em todas as suas fases. Sorrio condescendente. Ela ainda não sabe sobre meu poder de enviar-receber informações mediante transmissão de pensamento. Sabe que sou escritor mas ignora que catalogo debacles alheios para esquecer-me da própria derrocada. Uma vez senhora decrépita me perguntou o que tanto escrevo. Disse que confiava ao papel história de prostituta do Cairo cujo filho tornara-se príncipe da Dinamarca. Sei que o cataclismo me impedirá para sempre de sair deste *templo* moderno. Se os pitagóricos estiverem certos renascerei no Egito e me apaixonarei por prostituta da capital e teremos filho que escreverá livro sobre escritor que vivia num país distante escrevendo livros numa mesa-mirante de confeitaria. Por enquanto continuo vida melancólica e insólita e insossa aferrando-me à palavra feito ostra ao rochedo. Ainda estou entocado neste domingo chuvoso possivelmente eterno. Senhora decrépita elegante na terceira mesa à direita me disse telepática que gosta de tempo chuvoso e que dia feito hoje é encantadoramente nostálgico. Fica cabisbaixa: emociona-se. Refeita retoma o monólogo dizendo-me que foi num domingo tempestuoso que deitou pela primeira vez ao lado de seu grande amor numa casa de fazenda e que ambos eram muito jovens e que se pudesse não teria saído jamais daquele dia. Desvio o olhar indiferente: não me comovo com histórias romanescas. Gostaria que ela contasse-me em detalhes sobre sua presente solidão sua presente decrepitude sua presente vontade de cortar a teia da própria vida. Tenho o próprio passado visitando-me a todo instante: não consigo livrar-me de minhas rememorações-fogo-fátuo. Há muito silêncio na mesa dos amigos judeus. Possivelmente entristeceram-se de súbito quando um olhou pela primeira vez atencioso para o outro, descobrindo que são todos solidários na decrepitude e que a morte chegará no mesmo dia e quase na mesma hora e que nenhum sairá vencedor daquele jogo mórbido — bem-humorado apenas à primeira vista. Entristeceram-se de súbito possivelmente porque perceberam que a vida sim é um jogo de mau gosto onde ninguém sai ganhando. Ouço gargalhada isolada. Talvez do menos pessimista — certo de que morrerá apenas no dia seguinte. Trovões chegam mais contundentes; chuva também. Ela minha melancolia parece que não encontra mais espaço para ampliar a própria tristeza. Sou melancólico in totum à beira do precipício agarrando-me num galho qualquer de árvore cujo fruto é a palavra. Lavrar para não se matar; driblar o desespero compondo manualmente vocábulos à semelhança deles tipógrafos; letras-chumbo garantindo a sobrevivência do verbo; escrever para não evanescer. Catalogar decrepitudes alheias para esquecer-me da própria decrepidez. Senhor abdominoso de pé ali no balcão se lambuza comendo sem-cerimônia torta dupla de morango. Garçonete ruiva solidariza-se comigo no deboche velado. Ambos sorrimos cautelosos: a gula é tragicômica. Desafaimar para não se matar. Sacio-me dia todo de vocábulos; o verbo é meu néctar. Mas não é bom viver tempo inteiro nutrindo-me apenas de palavras que sustentam mas não aconchegam. Careço do tato; do acalanto do canto da mulher amada; careço daquela outra palavra do outro. O diálogo telepático é oco; ausente de musicalidade. A telepatia rouba o som do vocábulo que nasce predestinado ao canto. Se conseguisse livrar-me deste cataclismo personalizado escreveria linda carta de amor para ela prostituta do Cairo e colocaria numa garrafa e jogaria ao mar. As palavras não se afogariam de saudade. Tal missiva poderia flutuar séculos até chegar quem sabe às mãos daquele futuro filho que escreverá livro sobre escritor que vivia num país distante escrevendo livros numa mesa-mirante de confeitaria. Sei-sinto-pressinto que não sairei vivo deste apocalipse feito sob medida para mim. Sei-sinto-pressinto que o dilúvio que se aproxima é apenas meu. Todos os outros frequentadores desta e daquela outra confeitaria sabem que mais cedo mais tarde o arco-íris despontará impávido-colosso nas alturas com todas as suas sete magníficas cores. Somente eu e minha solidão e minha melancolia seremos impedidos para sempre de ver o verso-reverso-anverso da sombra. A melancolia in totum é fatal. Se não cortamos a teia da própria vida a natureza com sua implacável rebeldia se encarrega da tarefa. A morte não poupa por muito tempo os totalmente melancólicos. Minha melancolia cheia até as bordas chega ao zênite. Não haverá tempo para o transbordamento da tristeza. Trovões prenunciam a chegada do apocalipse que sei-sinto-pressinto será apenas meu.

A viagem para o muito longe desce por dentro da pele — ela amiga filósofa me disse numa quase-quinta. Estamos no cemitério. Caixão já desceu à sepultura. Jogo flores. Choro. Coveiro joga terra. Percebo agora desta mesa-mirante que meu pai se recusa a olhar para baixo. Olhos lacrimejam. Acho que gostava pouquinho dela minha mãe. Hoje confirmo: naquela tarde também chuvosa a última pá de cal demorou um século para ser jogada. Cena-símbolo da plenitude do adeus. Nunca mais acompanhei outra cerimônia fúnebre. Todas as condolências são estéreis. Algumas também histéricas. Pouparei os poucos amigos de tal constrangimento perdendo-me nas águas do meu cataclismo. Não vai demorar: vejo que os relâmpagos se substanciam intermitentes. Ouço trovões com mais frequência. É cada vez maior a inquietude pluviométrica. Moça numa mesa distante na outra confeitaria digita no seu computador portátil. Possivelmente envia mensagem para namorado que mora no Egito a duas quadras daquela prostituta do Cairo. Possivelmente diz que está chovendo muito e por isso lembrou-se do dia também chuvoso em que passaram tarde toda fazendo amor num apartamento que fica possivelmente no andar de cima onde mora amiga filósofa. Desvairar para não se matar. Quase perguntei sobre as horas para garçonete ruiva, mas desisti incontinente sabendo apriorístico da inutilidade: ponteiros continuam no mesmo lugar que estavam quando cheguei neste *templo* moderno. O dia empacou firmando manhosamente as patas — domingo personalizado: parou para permitir ao escritor terminar seu livro-despedida ainda hoje. Domingo-condescendência. Palavras ainda fluem feito filete de areia em ampulheta; vocábulos deslizam à semelhança deles traseiros infantes em tobogã; verbo vem vertiginoso. *Escritor despedindo-se das palavras antes de se despedir da própria vida* — disse agora telepático em resposta à moça do computador portátil. Ela rebate dizendo que lança mão do vocábulo para diminuir a saudade e não ampliar o adeus. Abaixo a cabeça evitando indiscrições. Não diria jamais que namorado a abandonou para viver com uma prostituta do Cairo. Sei que orgulhosa rebateria outra vez dizendo que é casada; que é nora dele amigo judeu de paletó marrom; que está digitando a própria tese de doutorado sobre a obsessão daquele escritor judeu de Praga em fechar portas. Trovões estrondam veementes; relâmpagos agora são contínuos. Tenho medo. Descarga elétrica — semelhante àquele dispositivo pirotécnico que sai ziguezagueando rente ao chão — poderá entrar de súbito me procurando. Raio personalizado. Ninguém conhece in totum as tramas da natureza; somos abstrusos demais diante dela. Estamos num circo. Meu pai insiste para que eu olhe para o alto. Recuso-me a seguir com os olhos a grande atração da noite. O rufar dos taróis me inquieta. Olho insistente para baixo. Ele tenta sem êxito levantar meu rosto com a palma da mão sussurrando que um dia descobrirei que viver é praticar salto triplo sem rede. Sei-sinto-pressinto que chegou minha vez de estatelar-me no chão para sempre. Vivi demais driblando o desejo de cortar a teia da própria vida feito ela minha mãe. Até hoje não sei motivo pelo qual empreendeu viagem definitiva — de moto-próprio. Mãe dela amiga filósofa disse num trecho da carta-despedida que *todas as prisões são parecidas, paredes feitas de dor e cimento, secreções que se coagulam e vão formando o passado incontornável que se ergue até o teto*. Sei-sinto-pressinto que a próxima quase-quinta chegará jamais para mim. Chove choro. Descobri agora a total inutilidade de minha vida até mesmo literária: sou escritor-penélope tecendo-destecendo parágrafos infindáveis para driblar os próprios demônios pretendentes dela minha própria vida.

Escritor-inconcluso. Com o tempo fui aperfeiçoando-me no ofício da inconclusão. Hoje sei **não terminar** um livro no momento oportuno. Aquele escritor judeu de Praga era exímio **não concluidor** de textos. Dependendo do último parágrafo digo de súbito para mim mesmo: *aqui está perfeito para não ser concluído*. Antes de destruir tudo releio sempre duas três vezes. **Não escrevi** ao todo em toda minha quase octogenária vida trinta e dois livros aproximadamente; o melhor deles **não terminou** no momento em que a trapezista executaria salto triplo sem rede; do outro lado seu partner também marido — que na noite anterior descobrira via carta anônima certa infidelidade conjugal.

É domingo. Ainda chove. Choro. Tenho medo; vida toda fui medroso. Pudesse escolher permaneceria ad eternum nela minha não existência. A vida é ruim; eu sei. Mas tenho medo de morrer; o misterioso me amedronta. Hoje concluo que só cortaria a teia da própria vida se ela morte me enviasse sonambulismo específico para suicidas pávidos. Descubro também que escrevo apenas para ignorar a própria vida; faço-desfaço textos para esconder-me de mim mesmo atrás das palavras; o vocábulo é meu escondedouro. Cavalheiro possivelmente advogado ali noutra mesa mais adiante me disse telepático que a herança não se confere a quem é indigno. Digo nada: artista não pode julgar a respeito de leis. Sei que herdei de meus pais uma vida de muita inquietude. Muito da loucura materna — outro tanto da descrença paterna; de ambos o legado da incapacidade artística. Feiura trouxe dela; medo trouxe dele. Da melancolia sou o próprio artesão: aperfeiçoei-me na tristeza; a solidão é também de minha própria autoria; o conjunto da obra é desanimador. O cataclismo se armará de plenos poderes para logo-logo me declarar sem efeito. Sei-sinto-pressinto que meu destino diluvioso se aproxima apressado. Trovões proclamam a chegada dele meu apocalipse personalizado. Fim de uma trajetória de vida amorfa; quase oito décadas de inutilidade absoluta; tempo todo vivendo num limbo próprio, vegetando-me neste recanto esconso entre a vida e a morte. Vejo agora apenas três amigos judeus; o mais decrépito disse-me que seu avô tcheco trabalhou numa empresa em que trabalhava o pai de uma das noivas daquele escritor judeu de Praga; mas não consegue lembrar qual delas. Digo também telepático que diante do cataclismo que se avizinha tudo fica além do necessário; assim como seria igualmente inútil contar que o autor praguense induzia insólito algumas pretendentes persuadindo-as a convencer os próprios genitores de que ele noivo não era a síntese de tudo a que poderiam aspirar. *A verdade escarrando-se com sangue* — diria amiga filósofa. Desperto assustado. Chamo meu pai com insistência. Estou ansioso para dizer-lhe que sonhei com ele de braços amputados pulando num abismo gritando *vou buscar sua mãe*. Sempre me surpreendi com os kazares — aqueles que tinham a capacidade de entrar-interferir no sonho dos outros. Cavalheiro possivelmente advogado ali noutra mesa mais adiante diria que é invasão de intimidade in extremis. Não lançaria mão de argumento contrário: artista não pode julgar a respeito de leis. Garçonete ruiva transgrediu as normas da discrição que o ofício exige dizendo-me ousada que eu deveria ter sido muito interessante quarenta anos atrás. Jogou sem saber mais azeite ao fogo dela minha melancolia. O decrépito se recusa a enxergar a própria decrepitude. Espelho que temos em casa reflete apenas nosso perfil-dorian-gray. Sorrio displicente, desinteressado em despertar simpatia: morrerei daqui a pouco. A aproximação da morte afugenta rapapés de todos os naipes. Ela garçonete percebe que foi infeliz no comentário. Afasta-se titubeante. Quando sua juventude tiver seu desfecho — e sua beleza chegar a bom termo — o cataclismo personalizado também lhe será transferido por doação. Por enquanto seus triunfos venturosos não conhecerão obstáculos: continuará provocadora desestruturando corações desprevenidos. Mulher apaixonada por ela possivelmente caminha agora debaixo da tempestade feito Raskólnikov às avessas penitenciando-se de crime que sequer cometeu. Deve estar pensando que esses trovões são possivelmente gritos de um deus severo-intransigente, repreendendo-a por tentar caminhar na contramão da ordem natural das coisas. Possivelmente pensa nos filhos; no marido; em cortar a teia da própria vida. A consciência talvez pese mais sobre seus ombros que a própria chuva que também cai implacável. Difícil demais aplainar as surpreendências do inesperado; difícil demais contornar os impulsos do coração. Pobre-diaba, possivelmente caminhando desordenada debaixo da chuva sabe agora feito eu que a vida é ruim.

É domingo. Chove muito. Melancolia vai arrastando à semelhança dela enxurrada todas as possibilidades de qualquer facho de luz nele meu caminho. Eclipse personalizado. Senhora ali noutra mesa cobre os lábios com batom. Resultado esteticamente desfavorável: tremura manual frustra trajetória predeterminada pela própria mão. Acompanhante profissional apara sobras do realce com guardanapo. O decrépito está impossibilitado de aproximar-se do esmero e do apuro e do capricho. Não há similitude entre decrepidez e estética. Somos cooptados de um jeito ou de outro pela assimetria. Impossível maquiar a tremura do corpo a indecisão dos passos o tropeço da fala. O tempo é implacavelmente corrosivo. Ela senhora decrépita disse-me agora telepática que mesmo se vivesse à semelhança dele Enoque perderia jamais a vaidade. Sorrio encobrindo intentos, simulando entender em profundidade a alma feminina; sei que meu cataclismo se aproxima apressado; sei que minha vida é vela de claridade tímida cuja cera já se esparramou quase toda sobre o pires; sei que vou morrer daqui a pouco; sei que o adolescente que passou agora no corredor ainda vai pela ordem natural das coisas catalogar muitos desencontros. Vejo desta mesa-mirante minha mãe deixando-me no portão da casa dele tio paterno dizendo *volto logo*. Nunca mais voltou. Foi meu primeiro desencontro definitivo. A vida é ruim; eu sei. Tempo todo vamos nos perdendo uns dos outros para sempre. Viver é pôr em lista vidas perdidas; é reedificar saudades; é renovar o luto. Moça ali de cabelos encaracolados na mesa dos fundos disse-me telepática que o grande fascínio da existência é esse não saber da hora exata dele nosso desaparecimento e que a natureza sempre sábia criou para todos roleta-russa equânime. Desvio o olhar. Desnecessário dizer que não houve sabedoria nele meu fiat personalizado: não gosto da vida mas tenho medo da morte. Natureza mostraria sapiência poupando-me do dilema não me dando vida.

Anoiteceu ainda mais lá fora em plena manhã. Relâmpagos se alternam promovendo claridades efêmeras. A noite súbita é apenas minha. Eu sei. Escuridão personalizada. É o cataclismo preparando aos poucos meu próprio escurecer.

A asa negra quando se ergue, produz a vasta e interminável sombra — ela amiga filósofa me disse outro dia. A quase-quinta foi abolida para sempre; virá nunca mais; eu sei. Calendário individual se recusa a sair deste domingo cataclísmico — veio para jogar a última pá de cal na possibilidade dele meu próximo amanhecer. Duas mães jovens sentaram à mesa ao lado com seus bebês no colo, ambos muito saudáveis muito bonitos. Não sabem que o tempo implacável os espera de tocaia com suas respectivas decrepitudes. Entrementes muitos desencontros fatais. Criancinhas maravilhosas. Ainda viverão muitos domingos para descobrir que a vida é ruim. Possivelmente acontecerá com elas o que acontece com quase todos: a neblina do otimismo as impedirá de perceber pela visão tão devastadora paisagem. Melhor assim: é cruel demais viver tempo todo sem criar para si mesmo essa providencial névoa densa e rasteira. A palavra arrefece o desejo de cortar a teia da própria vida. Por outro lado amplia minha visualidade diante da crueza dela nossa existência. Vocábulo-grande-angular; o verbo é minha fonte de luz monocromática de grande intensidade: perfura num átimo o mais denso de todos os possíveis nevoeiros. Estamos na sala. Minha mãe tenta sem sucesso atravessar a linha no buraco da agulha. Cena patética: está bêbada. Seria para costurar rasgo na manga esquerda dela minha camisa. Canta *My funny valentine*. Desiste finalmente da missão dizendo que nunca foi talhada para trabalhos deste naipe; que gostaria de ser aventureira marítima para ficar perto dos peixes longe dos homens. *Quando você crescer tente viver o menor tempo possível ao lado das pessoas: elas são nocivas* — está dizendo-me com dificuldade. Palavras também cambaleiam. Percebo agora desta mesa-mirante que meu olhar já era naquela época muito triste. Nasci melancólico talvez. Amanheci na vida feito este domingo — predestinado ao sombrio. Gargalhadas voltaram intermitentes. Amigos judeus agora são seis. Qualquer hora crio coragem, levanto-me desta mesa, digo-lhes este outro chiste preferido daquele judeu psicanalista vienense: *não nascer seria a melhor coisa para os mortais; entretanto isto é coisa que apenas acontece a uma em cada cem mil pessoas.* O cataclismo personalizado chegará antes do atrevimento. Morrerei sozinho. Escritor-náufrago aferrando-se inutilmente às palavras. Trovões proclamam a chegada dele meu apocalipse. Já não tenho medo dos estrondos. Possivelmente porque estou mais próximo de recostar a cabeça outra vez no colo revestido de cortiça invisível dela minha mãe; possivelmente porque acredito sem saber neles pitagóricos; possivelmente porque não sou tão convicto quanto ao Nada absoluto; possivelmente porque acredito nele Zoroastro nela Blavatsky nele Chesterton. Pode ser. Sei que a poucos passos da morte os trovões não me amedrontam mais: inundação individual trazendo consigo fé personalizada. Pode ser. A vida é muito misteriosa; ruim; mas cheia de mistérios. Ninguém neste *templo* moderno sabe que renascerei um dia no Egito e me apaixonarei por prostituta da capital e que teremos filho que escreverá livro sobre escritor que vivia num país distante escrevendo livros numa mesa-mirante de confeitaria. Mistérios do após-morte. Possivelmente acredito sem saber na transmigração da alma; na santíssima trindade; em todos aqueles ciclos dantescos. Possivelmente acredito nele Santo Anselmo quando disse que Deus faz algo melhor do que existir; e que a não-existência dele não cabe no pensamento humano. Possivelmente ainda não cortei a teia da própria vida porque acredito sem saber que o voo do pássaro nasceu do sopro de Deus; possivelmente o medo da morte faz o homem agarrar-se noutra vida; possivelmente sou hipócrita; possivelmente estou rezando sem saber. Medo. Vida toda palmilhei os caminhos da descrença. Fé inabalável apenas na palavra no verbo no vocábulo. Agora aqui trêmulo construindo rede mística para amparar salto no escuro. Trovões já não me amedrontam — o desconhecido sim. Possivelmente sou covarde. Possivelmente preciso de Deus nesta hora que antecede meu naufrágio absoluto. Senhora decrépita ali na segunda mesa à direita me pergunta o motivo de tanta lágrima. Respondo também telepático que estou a poucos passos da morte e que meu apocalipse personalizado se aproxima e que sou muito medroso e que se ela me pudesse ceder um pouco de fé ficaria agradecido. Responde-me sem disfarçar o semblante judaico que a fé não é torta de peras ao vinho podendo ser fatiada e distribuída de mesa em mesa. Digo nada: melhor continuar aferrando-me às palavras. Tempo todo teci rede de vocábulos — esta sim amparou-me dos saltos mortais desta vida. Senhor certamente nonagenário aqui na mesa de trás diz para amigo que não fazem mais calças com algibeiras. Descubro por que perdi minha pouca esperança: ficava nesse minúsculo alforje de pano que caiu em desuso. Também acomodava-se nele meu amor à vida e minha crença na humanidade e meu amor ao país e minha fé em Deus. Não é por obra do acaso que careço agora de alfaiate místico. Tenho nove dez anos se tanto. Estou de pé sobre mureta do alpendre de casa. Meu pai abre os braços. Não consigo saltar: medo congênito; *esse pobre-diabo não chegará a lugar nenhum nunca* — diz sussurrando. Meu amor por ele também sempre coube numa algibeira.

Certo seria romper os fios de linha podre que entrelaçam medo e amor — ela amiga filósofa me disse numa quase-quinta.

É domingo. Troveja muito. Relampeja também. Tristeza assemelha-se ao medo. Melancolia chega ao zênite. Cataclismo encontrará a versão definitiva do ser-sombrio. Tenho quase quinze anos. Estou diante dele meu pai num leito de hospital. Pede perdão dizendo-me que existo por descuido; que eles nunca quiseram ter filhos; que é insensato trazer gente ao mundo sabendo que a vida é ruim; que se sente constrangido: os deuses-da-benevolência vão levá-lo primeiro que eu. Acho que nesses últimos instantes de vida tenta demonstrar — apesar da contradição — amor por mim. Nunca o amei. Possivelmente está sendo cínico pela última vez. Não percebo. Agora segura minha mão dizendo emocionado: *até outro dia*. Morre. Era estranho aquele homem que por acaso foi meu pai; era estranha aquela mulher que por acaso foi minha mãe. Acho que sou melancólico justamente por obra desses acasos. Herdei descrença deles; inquietude também; nebulosidade também. Sei que aquela mulher que se apaixonou pela garçonete ruiva já chegou em casa e pediu para que os filhos fossem brincar no salão de jogos e está reescrevendo pela terceira vez sua carta-despedida. O garrancho me impossibilita de saber se fala em abandonar apenas a família ou em deixar a própria vida. Anoitece de vez em plena manhã. Pessoas que estão em minha volta não se deram conta. Possivelmente porque o eclipse é personalizado. Trovões não: moça ali no corredor se assustou com o estrondo de um deles. Não me assusto mais: talvez esteja bem perto dela minha mãe. É bom acreditar nesta possibilidade. A poucos passos da morte precisamos criar luminosidades místicas para transpor quem sabe o breu in totum desse túnel fatal que nos leva ao inimaginável. Sei-sinto-pressinto que vou morrer daqui a pouco; que o cataclismo se aproxima apressado; que a morte num gesto raro de indulgência espera apenas que eu coloque ponto final nesta obra possivelmente póstuma. Pode ser. Sei que é domingo; que chove muito; que estou triste; que a vida é ruim. Menos para eles amigos judeus cujas gargalhadas intermitentes às vezes se harmonizam com os trovões. Não fosse tão tímido poderia aproximar-me deles para lhes contar esta outra historinha preferida daquele judeu psicanalista vienense: um pobre agente de loteria vangloriava-se de que o grande Barão de Rothschild o tinha tratado como a um seu igual: *bastante familionariamente*. Vou apenas mais tarde para confiar-lhes estes originais e a carta-despedida da mãe dela amiga filósofa. Moça na terceira mesa à esquerda me disse que quando escrevo tenho o aspecto torvo sombrio e que minha fisionomia se torna subitamente rude e que devo lançar linhas dilacerantes neste meu bloco de rascunho. Digo-lhe também telepático que ela é perspicaz e que decidi neste exato momento dar título ao livro que estou escrevendo: MINHA MÃE SE MATOU SEM DIZER ADEUS. Não disfarça a perplexidade meneando a cabeça num gesto de clara reprovação. Nesta micropesquisa de universo microscópico fui cem por cento reprovado. Espero que amigos judeus não interfiram com suas perspicácias mercantis reduzindo o batismo original num decrescendo contínuo, deixando-o apenas com suas três últimas palavras. Senhor que reclamou da ausência de algibeiras diz para o possivelmente amigo: *você ainda é jovem tem apenas setenta e quatro anos; tenho oitenta e seis completos*. Entusiasmo deste cavalheiro me leva a acreditar que é mais jovial do que eu. Possivelmente fazia ouvidos moucos sempre que lhe diziam que a vida é ruim. Quando pavimentamos nossos caminhos de otimismo a velhice não nos envolve com tanta impetuosidade. Hipótese talvez ingênua-improcedente. Sei que sou melancólico in extremis. Sei que ambulância se aproxima apressada da casa dela mulher que se apaixonou pela garçonete ruiva. Sei que cavalheiro decrépito quase nonagenário aqui atrás é de uma energia e de uma felicidade e de um ufanismo e de um gongorismo irritantes. Agora tenho certeza: os abnóxios são infectados pelo vírus da parlapatice inexaurível. Homens de branco entram apressados no edifício. Senhor quase nonagenário aqui atrás diz que doença nenhuma nem mesmo simples constipação se aproximou dele nos últimos três anos. Fala alto. É vigoroso. Possivelmente daqui a muitos séculos numa edição revista-ampliada da Bíblia nome dele poderá ter a chance de perpetuar-se ao lado de Enoque e Matusalém. Eles homens de branco voltam cabisbaixos: não chegaram a tempo. A vida é ruim; eu sei. Garçonete ruiva desfila altiva com bandeja sobre a palma da mão; saberá jamais que sua existência provocou desistência. Especializei-me tanto em **não terminar** um livro no momento exato que ainda me sinto despreparado para saber como-quando o texto atinge sua real completude. Sei que o cataclismo que se aproxima apressado é apenas meu — personalizado. Sei que não poderia existir dia mais apropriado para a morte de um melancólico.

Não fosse tudo verdade, eu me acharia em devaneio, perdida no depois das ações, quando a morte é miasma, a luz estranha das coisas — ela amiga filósofa me disse numa quase-quinta. Estamos descendo desabalados pela ladeira sobre carrinho de rolimã. Minha mãe comigo no colo diz aos gritos que a vida também não tem freio. Ganhei um corte na testa; ela arranhou os braços. Agora aqui nesta mesa-mirante a poucas horas da morte descubro que minha infância não foi ruim: tive mãe-moleque; louca feia bêbada — mas encantadoramente moleque. Não posso acreditar no Nada absoluto: preciso revê-la; preciso recostar outra vez a cabeça naquele colo acústico revestido de cortiça invisível. Saudade. Inútil enganar a mim mesmo: sei-sinto-pressinto que nossa vida quando se apaga vai para o mesmo lugar da luz quando desligamos o interruptor. A vida é ruim; eu sei; e sem possibilidades vindouras. Esboço sem direito a arte-finalização. Vida-rascunho. Crianças brincam no salão de jogos; duas são órfãs de mãe; mas não sabem. Garçonete ruiva trouxe possivelmente meu último café; é diabólica; provocante; sensual; olhar-arsênico. Mãe deles órfãos provou desse veneno. Vida tem dessas fatais surpreendências. Estou no quintal de casa sobre o degrau de uma escada jogando as cinzas de meu pai nos galhos floridos da mangueira. Billie Holiday gira na vitrola. Ele exigiu que a cantora sonorizasse este ritual fúnebre de despedida. Odeio Billie: foi trilha sonora dela minha orfandade. Lacrimejo: resto de cinza entrou nos olhos. Não me emociono: cerimônia pro forma. Poeta pego pelo Parkinson aquele vítima da aliteração passou outra vez aqui no corredor. Possivelmente é o mais solitário de todos os seres; mas não pegará carona nele meu cataclismo: coerente, preferirá morrer sozinho. Doença não abateu sua altiveza; é homem nobre: as palavras os verbos os vocábulos são seus súditos. Não ouviu quando lhe disse agora baixinho: *adeus meu poeta não nos veremos nunca mais; sei que você treme mas não é de medo; eu sim*. Relâmpagos iluminam o quarteirão para quem sabe facilitar a trajetória certeira-fulminante dele meu raio personalizado.

Senta-se agora à mesa da confeitaria do outro lado moça grávida de oito nove meses — talvez de um menino. Ele lança âncora eu desferro velas. Alternância natural-providencial da natureza: não haveria espaço para todos ao mesmo tempo. Poderia ser interessante se Zoroastro Einstein Platão Freud Heráclito Darwin Tomás de Aquino todos vivessem juntos sob o mesmo Sol. Entretanto desconfio que só haveria consonância entre eles numa única questão: vida seria sim absolutamente insuportável e torturante e desesperadora se fôssemos condenados à imortalidade.

É domingo. Chove. Ponteiros estão imobilizados firmando manhosamente as patas feito quadrúpede teimoso. Tempo-estanque. Grandes estrondos acontecem amiúde sobre os quarteirões que circundam este *templo* moderno. Dia pavoroso. Bom para morrer; bom para velar minha melancolia meu desencanto minha solidão. Moça de figurino exótico e Sol personalizado sorriu simpática para mim; sorriso-bote-salva-vidas tentando inutilmente livrar-me do cataclismo que se aproxima apressado. Peço-lhe telepático para não se preocupar comigo: choro de saudade dela prostituta do Cairo. Seu sorriso agora é de perplexidade. Desvio o olhar fixando-me na direção dos amigos judeus; estão calados; um deles cochila; cansado da vida talvez; viveu muito; possivelmente nonagenário. Depois de quase um século de existência tudo fica monótono-sonífero não excluindo as histórias repetitivas dos amigos também no declínio da existência. Brigam no quintal; um ofende o outro aos gritos. Minha mãe está bêbada; meu pai diz que ela deveria sumir de vez; sumiu semana seguinte — sem dizer adeus. A vida é ruim; eu sei. Eles meus pais nunca disseram o contrário; mostro-me reconhecido. Senhora decrépita aqui na primeira mesa à esquerda tenta beber água mas não consegue levar o copo até os lábios; está muito trêmula; muito pálida. Ajudante profissional percebe. Fica tenso. Segura carinhosamente as mãos dela. É atencioso. Acaricia seu rosto. Digo-lhe: *você é bom*. Resposta dele acompanhante também vem telepática: *além do salário ela senhora decrépita me paga adicional-carinho; esse afeto de aparência filial está no contrato*. Vou morrer melancólico e solitário e ingênuo, embora tenha vivido quase oito décadas. *Do gesto vem a alma das coisas* — diria amiga filósofa. Senta-se agora ali na segunda mesa à direita casal de professores aposentados. São assíduos. Ele parece triste. Está dizendo-me telepático que só insiste em viver para fazer companhia para ela companheira há cinquenta anos e que gostaria que partissem juntos de mãos dadas no mesmo dia na mesma hora. Deve ser menos ruim morrer entrelaçado com a pessoa amada; deve ser menos ruim ter alguém para dividir entre aspas a decrepitude. Ambos leem jornal; vez em quando parece que comentam algum artigo alguma notícia. Talvez esteja sendo ingênuo outra vez, mas acho que se trata de casal harmonioso. Não sei o que isso significa. Sei que mesmo sem completar a travessia do deserto continuam dividindo a água que prodigiosamente multiplica-se no cantil. *Você não acertou in totum por um detalhe: outra pessoa também me ajudou durante vinte anos a transpor esse terreno arenoso quase absoluta-*

mente seco: minha amante — ele me disse telepático. Digo nada: a ingenuidade agora sei transcende a própria melancolia. Solidão sim é invencível; nada consegue ultrapassá-la. Tempo todo fui escritor arredio vendo a vida pelas fendas dos vocábulos; tempo todo de tocaia atrás das palavras. Agora vou morrer de mãos dadas com o verbo. Triste — mas coerente. Meu pai vira mais uma página do caderno dizendo: *você escreve coisas muito sombrias para quem tem apenas treze anos*. Nasci predestinado aos subterrâneos. Sou o oposto dela moça de figurino exótico que traz consigo o Sol a tiracolo. Tentei algumas vezes gostar da vida; não consegui; sempre fui incapacitado para a benquerença; gosto de quase nada; existência inútil. Deuses-da-fertilidade deveriam ser mais criteriosos. Esta obra que deixarei aos cuidados deles amigos judeus talvez justifique minha vinda. Mas levanto dúvida: possivelmente não saberei terminá-la no momento exato; nunca soube; sei **não terminar**; especializei-me nisso; livro anterior **não terminou** no instante em que paraquedista ao tentar abrir paraquedas pela primeira vez sussurra um *ai meu Deus* debochado frio sem nenhuma exclamação. Mas continuo. Morte num gesto raro de condescendência possivelmente segurou meu cataclismo personalizado ali na rua de trás; possivelmente gosta deste texto: falo tempo todo que a vida é ruim. Jogo de interesses deve existir até nas esferas transcendentais. Tudo muito misterioso; cansativo demais. Moça de figurino exótico me disse telepática que saboreia sua torta de peras ao vinho sem se preocupar com possíveis rachaduras nos pés de quem amassou as uvas. Digo nada.

A poucas horas de desvanecer-se todas as questões tornam-se inúteis. Sei que as sobremesas desta confeitaria são manjares dos deuses do Olimpo; sei que relampeja muito; sei que a melancolia disputa precedência com o dilúvio que se aproxima; está ali na rua de trás eu sei; espreita o desfecho deste texto cujo ponto final se converterá num dispositivo automático acionando instantâneo abertura da comporta. Sinal de pontuação que finaliza obra-autor tudo ao mesmo tempo. Morte talvez me surpreenda desviando o cataclismo para facilitar o fluxo do infarto. Possibilidades são inúmeras. Preocupação inútil: ela é mais camaleônica que a própria vida no mister das surpreendências. Sei-sinto-pressinto que morrerei daqui a pouco; que estou cansado de escrever; de viver tempo quase todo neste contêiner invisível de tristeza cujo nome é melancolia; cansado de tanta solidão. Vida foi aos poucos empurrando-me para este eremitério personalizado. Sempre só em qualquer circunstância. *Atitude estranha esta sua menino: horas seguidas enrodilhado de cócoras aí no fundo do quintal* — ouço agora ela minha mãe repreendendo-me. Recolhimento congênito. Nasci arredio. Bicho estranho acuado intuindo desde cedo que a vida é ruim. Estou cansado de anotar o anoitecer dos outros para esquecer-me do próprio crepúsculo.

Não sei como terminar este livro. Poderia surpreender o leitor dizendo que o desfecho ficará por conta dos amigos judeus; e que eles possivelmente dirão que a morte num gesto de rara condescendência deixou que escritor-narrador vivesse mais alguns anos para continuar fazendo propaganda negativa da vida. Poderia. Mas não vou. Eles poderiam inclusive acrescentar que escritor-narrador ao livrar-se provisoriamente da morte foi morar no Cairo com certa prostituta. Desfecho falso-fantasioso para livro de tamanha tristeza. Sei-sinto-pressinto que está chegando o momento de colocar ponto final em ambos — obra e autor. Poderia terminar agora este livro dizendo que sinto dor insuportável no braço esquerdo e que tenho a boca seca e que meu estômago se revira e que há calafrios em todo o corpo prenunciando infarto fulminante; mas não posso: desfecho seria falso. Estou triste sim; melancólico sim; mas fisicamente bem. Poderia terminar com reticência no meio da última palavra da frase *por favor não aperte o gatilho*. Sim: no momento em que marido daquela mulher que supostamente se apaixonou pela garçonete ruiva se aproximasse revólver em punho mostrando-me carta na qual suicida declara paixão platônica por escritor que escreve livro numa mesa-mirante de confeitaria. Também seria falso demais. Poderia enganar possivelmente o leitor mas não enganaria a morte — esta que chegará quando o ponto final fizer realmente sentido. Pai agora abraça os filhos no salão de jogos. Choram. Primeiros instantes de um possivelmente longo ciclo de orfandade. Não me lembro se os redatores da lei de Hamurabi se preocuparam com este detalhe, mas justo seria garçonete ruiva assumir a maternidade desses dois meninos. Culpa convenhamos é da natureza que lhe deu este corpo e este olhar e este sorriso — todos encantadoramente diabólicos.

Senti a tristeza de ter apenas o olhar para entender o pensamento — ela amiga filósofa me disse numa quase-quinta. Entro de súbito no quarto. Vejo meu pai olhando oito nove quadros pequenos dela minha mãe esparramados sobre a cama de casal. Tenho doze anos se tanto. *Ela era louca* — digo espontâneo depois de olhar uma por uma todas as pinturas. *Não sei* — ele diz cinicamente. Sabia. Infância toda ouvi meu pai dizendo alto-bom-som: *você é doida*. Agora desta mesa-mirante percebo que ele disfarça o lacrimejo excessivo pedindo-me para assoprar cisco inexistente acomodado entre aspas num canto qualquer do olho. Vida e suas surpreendências. Meu pai possivelmente gostava dela minha mãe; eu possivelmente não o odiava tanto. Moça de figurino exótico que traz consigo o Sol a tiracolo desvia o olhar perplexo quando lhe pergunto telepático se podemos nos amar platonicamente sem um manifestar ao outro. A poucas horas da morte até o humor brota metafísico.

É domingo. Chove choro. Minha tristeza é seca. Efeito natural dela melancolia árida. Pranto que torce-retorce o íntimo; desalento que chega guiado pelo sopro da morte. A vida é ruim; eu sei. Mas a não existência me amedronta. Este não saber o que acontece depois que viramos a esquina me desespera; pelo silêncio de todos desde toda a eternidade parece que não há nada lá; nem lágrimas de Heráclito nem riso de Demócrito; mas também poderá ser silêncio justificável: encontraremos o planeta dos seres-da-mudez-eterna; lugar no qual se prescinde solenemente do subterfúgio da fala; da sagacidade da palavra; planeta do idioma-sentimento; seremos possivelmente asas que voam suprimindo pássaros. Sei que tenho medo. Acho que vou pedir torta de peras ao vinho. Espero que dê tempo. Para a senhora de humor refinado deu; aquela de vestido preto que estava na sexta mesa à esquerda assim que cheguei nesta mesa-mirante; agora me arrependo de não tê-la convidado para sentar-se comigo; falaríamos antes de tudo dos chistes preferidos dele judeu psicanalista de Viena — este que escreveu interessante texto falando do luto falando da melancolia. Sempre privei da intimidade desses substantivos: minha tristeza é congênita; meu sentimento de pesar me acompanha há sete décadas sem conseguir percorrer toda sua trajetória. Senhor decrépito sentado à mesa da outra confeitaria não conteve sua felicidade com repentina chegada de amigo igualmente vítima da decrepitude. Também ficaria feliz se minha amiga filósofa entrasse de súbito neste *templo* moderno. Mas não virá: posso vê-la; está escrevendo seu novo romance; exatamente neste trecho: *se eu pudesse mover as estacas que me fincam ao chão no comando do poder de ir e vir impedindo qualquer arrebatamento da vontade e tornando-me esta imensa réstia de potências irrealizáveis.* Não nos veremos face a face nunca mais: estou encerrando minha vida nesta manhã tempestuosa de domingo que parou para mim. Trovões às vezes se confundem com relinchos de quatro cavalos — possivelmente. Sei-sinto-pressinto que estão na rua de trás. Tocaia. Espreitando talvez chegada dele contundente-definitivo-fatal sinal de pontuação. Pode ser também que tudo seja delírio provocado pelo non plus ultra do sentimento de tristeza — a melancolia. Sei que depois desta tempestade não haverá arco-íris. Adeus minha amiga. Lembrei-me de súbito da quase-quinta aquela em que você me disse que sabe feito eu que a vida é ruim — *mas não devemos contar isso para os pequenos*. Sim: não é aconselhável servir de arauto transmitir às crianças tal desígnio inabalável. Sem considerar que maioria cresce vive tempo todo distraída sem se dar conta disso. Sei que foi comovente ver naquele momento niilismo cedendo espaço à generosidade materna. Minha mãe não foi generosa se matando sem dizer adeus. Você foi mais uma vez desprendida doando-me o adeus daquela que lhe trouxe ao mundo.

Relâmpagos resplandecem todo o espaço que circunda este *templo* moderno. Natureza lançando mão de seu poder iluminante para clarear meu caminho em direção ao possivelmente absoluto Nada.

Senhora decrépita sobre cadeira de rodas se ancorou agora na mesa ao lado. Olha na direção dos quatro imponentes pórticos. Não pode andar. Seus pensamentos possivelmente vão longe. Está de perfil. Pudesse lhe diria telepático que apesar da aparência também sou inválido: não consegui vida toda caminhar para lugar nenhum; que meus passos sempre foram inúteis; tempo todo andando aos tropeços. Ela também poderia dizer-me que minhas metáforas são patéticas-inconvenientes diante de sua real invalidez. Sei que não darei mais um passo sequer nela minha vida: morrerei daqui a pouco. Deu tempo: torta de peras ao vinho superou toda-qualquer expectativa. Estamos no fundo do quintal. Meu pai toma de repente o estilingue de minha mão para ensinar-me como se mata um pássaro. Certeiro estoura o peito do pintassilgo que estava no alto da mangueira. Descobri naquele instante ainda menino que não é só a vida que é ruim. Chove choro. Não amei não fui amado. Quase oito décadas vazias. Desnecessárias. Moça de figurino exótico está saindo. Invejo-a: vida dela possivelmente tem sabor de torta de peras ao vinho. Disse-me agora telepática que ficou esse tempo todo prestando atenção neles meus gestos nelas minhas expressões; que agora não há mais dúvidas: sou velho desde que nasci. Digo nada: evito discutir quando os argumentos do outro lado são conforme à razão. Tem corpo bonito essa moça que carrega o Sol a tiracolo; tivesse vivido alguns anos ao seu lado minha vida teria sido possivelmente menos nublada. Os deuses-do-itinerário sempre se meteram de permeio nas minhas viagens desviando-me para o caminho da solidão. Se os pitagóricos estiverem certos quero voltar pássaro para viver em revoada. Sei que chove muito e relampeja muito e troveja muito neste domingo imóvel. Carinhoso encontro de dois amigos decrépitos aqui no corredor: um beija o rosto do outro; ambos certamente bem mais velhos do que eu. Fui pego de súbito pelo sentimento de inveja. Sentam à mesa de trás. Um diz que está muito nervoso: vai enfrentar cirurgia delicada semana que vem; outro procura distraí-lo sugerindo falar de coisas interessantes — os bisnetos por exemplo. Consigo ouvir mais nada: aumentaram o som da confeitaria vizinha. A vida é ruim; eu sei; eles sabem; mas não vão contar para seus descendentes. Minha mãe está caminhando comigo sobre trilho de trem abandonado. Equilibra-se num dos dormentes. Súbito pula de lado gritando: *cuidado com a locomotiva!* Tenho seis anos se tanto. Corro assustado. Choro. Ela se escangalha de riso. Mãe-moleque. Feia bêbada louca — mas encantadoramente moleque. Vida toda saudade impediu a completude do luto; tristeza impossibilitou o destronamento da melancolia — que permanece excessiva provocando delírio talvez. Sei que vejo cavaleiro de negro num dos pórticos dizendo-me telepático que virá buscar-me daqui a pouco. Desaparece de súbito. Deu tempo sequer para simples inclinação de cabeça. Acho que estou febril. Medo enviando quentura personalizada. Pode ser. Não sei como terminar este livro. Pensei agora há pouco em aproximar-me dos amigos judeus para pedir que um deles ficasse de olho em mim para narrar em detalhes minha morte. Tal narrativa poderia possivelmente servir de epílogo para esta obra que digo-repito terá como título MINHA MÃE SE MATOU SEM DIZER ADEUS. Não irei: vão considerar meu pedido muito insólito; serei motivo de chacotas; tornarão ainda mais intermitentes suas gargalhadas. Poderia ser interessante também diversificar as opiniões: cada um dos amigos judeus daria sua versão sobre a morte de escritor que escrevia livros numa mesa-mirante de confeitaria. Quem conta um conto acrescenta um ponto. O primeiro poderia dizer que viu certo cavaleiro todo de negro jogando lá de fora seu laço certeiro sobre mim; outro mais fantasioso diria que subi feito nave espacial perfurando inexplicável o teto deste *templo* moderno; outro lúdico contaria que viu quando deixei caneta cair sobre a mesa ficando nitidamente pálido e fazendo o ato de contrição e deixando cabeça pender vagarosa transformando bloco de rascunho num travesseiro para amortecer caída dele meu sono eterno; outro de natureza dramática diria que me viu lançando mão de punhal para perfurar o próprio ventre. Inútil prolongar-me nesse capricho de fantasia imaginária: são desfechos póstumos. Preciso eu mesmo colocar ponto final neste texto acionando incontinente a própria morte. Impossível enganá-la. Pacto velado: tempo parou permitindo escritor escrever nos últimos instantes de vida livro com começo e meio e fim. Único de sua obra volumosa — mas anônima. Esta prosa nasceu conscientemente póstuma.

É domingo. Meu último domingo. Vida tivesse elegância-harmonia do corpo dela garçonete ruiva a imortalidade seria bem-vinda; mas não tem; eu sei. Além de dissonante a vida é ruim; com direito a bônus-maturidade cujo nome é decrepitude. Envelhecer é surpreender-se a cada manhã com mais um descuido da morte; esta que pratica todos os dias roleta-russa conosco — os decrépitos. Daqui a pouco vou livrar-me dessa tortura: sei-sinto-pressinto que cataclismo personalizado aproxima-se apressado. Estamos no quintal. Ele corta sem jeito meu cabelo. Tenho dez anos se tanto. Trabalho amador: fiquei com aparência ridícula. Afirma cínico: se reclamar apanha; meu ódio filial é congênito; inútil disfarçar tal sentimento a poucas horas de desvanecer-me; aproximação da morte não arrefece a mágoa que tenho dele meu pai.

*

Relâmpagos iluminam os quatro pórticos suntuosos deste *templo* moderno. Inundação lá fora se torna visível. Vejo Caronte conduzindo lento seu barco. Disse-me telepático: *daqui a pouco venho buscá-lo*. Agora entendo por que não ouço mais relincho nenhum: tempo se mostra inapropriado às exibições equinas — embora os cavaleiros sejam apocalípticos.

O destino se descobre na invenção — diria amiga filósofa. Tenho medo. Vida toda fui medroso; agora mais do que nunca: o Inferno possivelmente existe; dantesco talvez; ficarei quem sabe num dos túmulos ardentes dos heréticos. Meada de difícil desenredo: não gosto da vida mas tenho medo da morte. Trovões intermitentes permanecem ensurdecedores. Não me assusto mais: todos os outros medos se revestem de insignificância diante do medo da morte. Este não-existir para sempre me deixa espavorido. Daqui a pouco serei absolutamente nada. Coração bate alvoroçado quando permanecemos na frente dessa impossibilidade de tergiversar-se diante do inevitável desaparecimento total. Quando a morte se avizinha impossibilita mesmo à distância nossa capacidade de abstrair. É implacavelmente mnemônica. Tenho medo. Deveria ter morrido criança ainda — no momento seguinte à dissolvência dela primeira hóstia consagrada. Morreria possivelmente anjo. Medo pelo jeito procurando vivificar meu sentimento cristão primevo. Mas sei-sinto-pressinto que não há nada lá. Somos possivelmente seres-éter: nossa vida é nosso frasco. Tenho medo; vida toda fui medroso; tempo quase todo vivendo assustado escondendo-me atrás das palavras. O vocábulo foi meu escudo; o verbo minha trincheira. Escrevia para fortalecer-me diante dos sustos da vida. Agora escrevo para diminuir o impacto da chegada da morte. Livro-arrefecimento. Primeiro de minha obra inacabada-inédita com começo e meio e fim. Quase não resisti à tentação de encerrar este texto com a palavra **frasco**: SOMOS POSSIVELMENTE SERES-ÉTER: NOSSA VIDA É NOSSO FRASCO. Seria poético talvez. Mas acho que quero viver mais algumas páginas. Acho que estou sentindo-me pela primeira vez escritor in totum; escritor num leito de morte sobrevivendo à custa da palavra-oxigênio. Acho que aquele autor judeu de Praga escreveu tempo todo nessas circunstâncias. A vida é ruim; eu sei; e irônica também: a poucas horas da morte descubro que só é possível arrancar pela raiz vocábulos substanciosos escalavrando o asfalto com as próprias unhas. Descubro-me homo novus. Mas inútil querer transformar minha caneta numa lira de Orfeu. Serei malsucedido tentando iludir a morte eventualmente transfigurada num cão de três cabeças. Não há como enganá-la: vou morrer daqui a pouco. Clarões dos relâmpagos mostram que o nível das águas alagadas sobe célere. Cataclismo personalizado se aproxima apressado. Vida toda assustei-me também com o fogo. Dois contrários igualmente devastadores. Ouvindo as gargalhadas intermitentes dos amigos decrépitos judeus concluo que são imortais. Ou estão convictos de que irão em breve para o sétimo céu — aquele de Saturno, dos Tronos e dos espíritos contemplativos e místicos. Sei que tenho medo. Sempre fui medroso diante da vida. Agora me aterrorizo diante da morte. Minha mãe pelo jeito tinha medo nenhum. Consideração também nenhuma: matou-se sem dizer adeus. Ela escreve VIDA com auxílio da faca no tronco da mangueira. Súbito num gesto de fúria desfigura o entalhe riscando tudo com xis. Está bêbada. Chora. Dia seguinte nos deixou para sempre. A vida é ruim; eu sei. Mas quero viver mais algumas páginas. Despedir-me lentamente das palavras — companheiras de tantos anos. Se a existência só pudesse ser traduzida mediante gestos e mímicas e meneios e acenos eu já teria perdido a razão. Escrever para não endoidecer. Lapidar o vocábulo para esquecer que a vida não é nenhuma safira nenhum rubi. O verbo é meu Letes — rio no qual me banho todos os dias há mais de meio século. As palavras agora chegam de traço em traço melancólicas à semelhança dela minha tristeza. Vocábulos solidários. Não poderia ser de outro modo: sempre os tratei com dignidade, polidez. Reverencioso possivelmente. Ironia: agora a poucas horas da morte percebo que eu e a palavra e o verbo e o vocábulo conseguimos formar enfim um quarteto harmonioso: a despedida é o nosso diapasão; afinamo-nos na plangência da dor do adeus. Tenho medo. Pudesse sentaria com os amigos judeus. Poderia ser menos angustiante morrer na companhia deles. Mas não são meus amigos reais: amizade entre aspas idealizada no desespero da solidão. Deve ser bom morrer rodeado de amigos verdadeiros. Sócrates morreu assim. Sereno. Altivo. Era Sócrates. Sou decrépito até na altiveza. Medroso congênito. Medo desfavorece a compostura — principalmente diante da morte. Estou trêmulo. Garrancho da letra impossibilita o disfarce. Palavras agora nascem ziguezagueantes. Sócrates não escrevia; falava. Sua voz não ficou trêmula diante da morte. Era Sócrates. Heráclito possivelmente riu. Demócrito possivelmente chorou. São as surpreendências do desfecho da vida. Tremura toma conta do corpo todo. Não gostaria que Caronte me visse assim. Dignidade pelo jeito não consegue sobrepujar o medo. Garçonete ruiva me trouxe por conta própria xícara de chá de erva-doce. Disse nada — apenas sorriu solidária. Fazemos contraste: sua juventude e beleza e elegância subscrevem a predisposição para o exercício imanente de porta-voz da vida. Pensa com certeza que tremo por exigência da decrepitude. Passará jamais pela sua cabeça que certo barqueiro me espera lá fora para o empreendimento da travessia do Aqueronte. Se pudesse acariciar lento seu corpo nu possivelmente pensaria por algum momento que a vida não é ruim. Mas é; eu sei. O êxtase também é fogo-fátuo.

A inconclusão é o sinal e a verdade do deslocamento como forma de exposição — ela amiga filósofa me disse numa quase-quinta. Ainda não sei como concluir este texto. Talvez não queira. Possivelmente protelo. Tenho medo. Possivelmente esteja entusiasmado com esta descoberta súbita do homo novus. Escritor in totum emparelhado às palavras feito duas barras de aço paralelas — assentadas-fixadas sobre dormentes. Frases agora deslizam à semelhança dela locomotiva. Agora sou escritor in totum; eu sei. Mas o domínio absoluto do verbo chegou tarde: morrerei daqui a pouco. Cataclismo personalizado se aproxima apressado. Escritor póstumo possivelmente. Antes preciso da boa vontade deles amigos entre aspas judeus. Possivelmente não vão querer se expor ao público: são personagens de relevo desta obra. Possivelmente não vão querer que suas gargalhadas intermitentes sejam expostas nas gôndolas das livrarias. Possivelmente concluirão que narrador é autocomiserativo demais; possivelmente vão concluir enfim que texto sufocante pouco arejado deste naipe afugenta o leitor — resultando numa indiscutível debacle mercantil. Melhor pedir para garçonete ruiva entregar estes originais a amiga filósofa — coautora. Além da devolução do adeus da própria mãe.

É domingo. Chove choro. Ninguém percebe: plangência sem lágrimas. Choro camuflado nas entranhas para não se expor à piedade alheia. Choro introspectivo enrodilhado de cócoras num canto qualquer do subsolo da melancolia. Duas moças na quarta mesa à esquerda se escangalham de riso. Alegria às escâncaras. Saberão jamais que a vida é ruim. Possivelmente sabem sequer que relampeja muito troveja muito lá fora. Talvez diriam que Caronte Aqueronte são invencionices de poeta desesperado à procura de rima. Sei que não morrerão daqui a pouco: desta mesa-mirante vejo que o barco que se aproxima tem espaço apenas para mais um. Acho que nunca me disponibilizei para o riso frouxo. Sempre fui contido no arrebatamento feito ele meu pai. Minha mãe era feia bêbada louca — mas ria muito. Riso de escárnio. Possivelmente à semelhança dele Demócrito. Está agora diante do espelho cortando seus longos cabelos negros. Aciona a tesoura com fúria. Grandes mechas se espalham pelo assoalho do quarto. Súbito vira-se perguntando se está bom. Digo nada. Apenas penso com minha reduzida capacidade infantil de pensar: *minha mãe é esquisita.* Hoje concluo que era feito eu: deslocada na vida. Nascemos para viver ao lado da inquietude perpétua. Viemos obedecendo ao leme dos deuses-do-desajuste. Seria melhor se não tivéssemos vindo: a vida é ruim; eu sei. Senhora decrépita passou agora aqui no corredor dizendo-me telepática que marido morreu mês passado e que está saindo de casa hoje pela primeira vez e que também lhe enviaram tempestade personalizada de trinta dias seguidos e pede que eu interceda junto ao condutor Caronte pedindo-lhe para vir buscá-la na próxima viagem. Respondo nada. Desvio incontinente o olhar: sei da lealdade absoluta deste barqueiro que cumpre de maneira estrita os desígnios dela — a morte. Dor da saudade desta senhora possivelmente é do tamanho de minha melancolia. Segue cabisbaixa seu caminho agora pavimentado de solidão. Não morrerá daqui a pouco. Eu sim. Tremura intermitente não é obra do acaso. Tenho medo. Sei-sinto-pressinto que a morte chega trazendo dor inédita — esta que possivelmente nos espreita no meio do caminho entre o desfalecimento e o falecimento in totum. Dor compêndio de todas as dores. Não é sem causa justificada que a vida é quase toda dolorida: é para nos preparar para o enfrentamento da transcendência do martírio. Existir não vale a pena. Mas o não nascer é coisa que apenas acontece a uma em cada cem mil pessoas. *O humor — ainda que seja feito de melancolia — define seu lugar como compreensão da tragédia, mais do que seu consolo, como saída da tragédia, mais do que sua superação* — ela amiga filósofa me disse numa quase-quinta. Sei que tenho medo. Morrerei só. Deve ser menos desesperador segurar na mão da pessoa amada a poucos instantes da morte. Nunca amei nunca fui amado. Vegetal inclinado aos vocábulos. Pela teimosia em viver, pelos espinhos, acho que tempo todo fui cacto. Vida seca — diria aquele escritor magistral das Alagoas. Vida estéril. Existência inútil. Meu pai também foi desnecessário. Minha mãe também foi desnecessária. Ele caminha comigo numa praça. Para de súbito diante da Igreja Matriz. Observa senhora decrépita de mantilha negra. Diz baixinho: *insólito*. Tenho doze treze anos se tanto. Tal observação me causa estranheza. Hoje entendo meu pai, embora medo vez em quando me faça querer rezar. Além de medroso, hipócrita. Sou assim; sempre fui. Sei que se pudesse escolher agora entre santa Teresa d'Ávila e Darwin escolheria a primeira para fazer-me companhia nestes instantes que antecedem meu voo definitivo. Escolha insólita talvez. Seja como for, suponho que esse falar ex cathedra da Ciência possivelmente não aquietaria meus temores. Ela Teresa poderia quem sabe pedir-me enternecedora para acompanhá-la nesta prece: *Eu quero ver a Deus e para isso é necessário mor-*

rer. Não morro, mas entro na vida. Delírio. Medo provocando exaltação do espírito. Não há nada lá. Ninguém do outro lado virá acudir aos meus apelos.

Relâmpagos mostram com clareza que rio improvisado encerra os quatro pórticos suntuosos deste *templo* moderno. Natureza mostrando-se soberana através de uma de suas implacáveis garras. Caronte, eu sei, posso ver desta mesa-mirante, navega altivo na rua de trás indiferente às inquietações pluviométricas. Não tem pressa: sabe que quero viver mais algumas páginas.

Ela está de pé no portão. Diz para vizinha debruçada na janela: *Desculpe os gritos de ontem à noite: sempre que bebo muito relacionamento com ele marido fica mais sombrio-amargurado; debatemo-nos em lutas acesas.* Afasto-me levando o que hoje sei ter sido meu primeiro-precoce constrangimento filial. Raio dividiu ao meio carroça do outro lado da rua. Mundo desaba. Moças da quarta mesa à esquerda afrouxaram ainda mais o riso. Se este domingo cataclísmico parou para mim sábado paradisíaco qualquer possivelmente se estagnou para elas. Sei que morrerei daqui a pouco. Levarei muita tristeza; muito medo; muita solidão; muita desesperança. Saudade nenhuma. Apenas trago vez em quando à lembrança período determinado da infância. Nenhum momento dela quase octogenária vida exigiu desejo de revivescimento. Existência desprovida de sentido. Estrondos dos trovões têm agora a mesma ordem de sucessão dos repiques de sino de igreja. Clarões mostram que nível do rio entre aspas se eleva apressurado. Morte tem dessas surpreendências: envia desfecho de acordo com o pretérito de cada um. Cataclismo com limites determinados vem a propósito: vivi tempo todo numa aridez absoluta. Cavalheiro decrépito arrastando-se no corredor me disse telepático que mais desagradável do que este caminhar lento dificultoso é não conter a insistente tremura das mãos. Aceno a cabeça concordante. Mas velhice não me trouxe tremura — tremo de medo: não estou preparado para este não-existir-nunca-mais. Sócrates morreu impassível porque se entrincheirou na crença de que estaria em breve ao lado de Homero e Hesíodo e tantos outros. Não creio na possibilidade de recostar outra vez a cabeça no colo acústico de minha mãe: não há nada lá. Escritor judeu aquele de Praga possivelmente diria: *Não há nada lá. Nem cá.* Sei que tenho medo. Acho que só as mãos serenas dela Teresa d'Ávila aquietariam minhas mãos trêmulas. Pavor florescendo a hipocrisia. Ou possivelmente esteja sendo sincero pela primeira vez. Não sei. Sinto-me confuso. Aproximação da morte embaralha os questionamentos. Seja como for é melhor o acalanto que o pranto. Venha minha santa; senta-se comigo nesta mesa-mirante. Delírio. Garçonete ruiva fica perplexa ao ser de repente canonizada. Diz nada. Apenas retira a xícara de chá. Minhas pernas agora também denunciam o assombramento. Inútil tentar conter o tremor que se estende pelo corpo todo. *Anatomia do medo entrelaçando-se à anatomia da melancolia* — diria amiga filósofa. Desespero e tristeza juntos recepcionando a morte — que se aproxima apressada. Dentes batem um contra o outro transformando-se de súbito em instrumento de percussão tal qual castanholas. Sobressalto sonoro. Uma das moças da quarta mesa à esquerda me pergunta se preciso de amparo proteção socorro. Respondo-lhe também telepático que qualquer tentativa de ajuda teria efeito contraproducente; minha situação é irreversível: vou morrer daqui a pouco. Ombros e braços da moça se erguem simultâneos relegando meu destino ao abandono. Tenho medo. Relâmpagos agora são próprios: descargas acontecem intermitentes dentro do cérebro. Sensação produzida por carga elétrica personalizada. Bato com os pés em movimentos rápidos sobre o piso de mármore. Não consigo conter o espontâneo sapateio rítmico. Percebo surpreso que provoco respingos ao rés do chão. Pássaro espargindo água da própria plumagem depois de pousar num galho em dia chuvoso feito hoje. Temor me causa torpor. Sentimento de inquietação é grande diante da chegada dela — a morte. Não vejo mas sei-sinto-pressinto que Caronte se aproxima apressado. Tenho medo. Não quero terminar; possivelmente não sei como terminar este texto-palavra-pacto. Sei que aquele barqueiro é implacável no cumprimento de seu dever. Impossível driblar o preestabelecido. Estou na lista de passageiros desta próxima viagem. Inútil tentar arredar-se do caminho. Percebo que fica mais dificultoso o tamborilar dos pés sobre o piso de mármore: água agora sobe atingindo cicatriz que trago a um palmo acima do calcanhar. Sei-sinto-pressinto que não conseguirei concluir este livro que a exemplo dos outros não completará a tríade começo e meio e

Este livro foi composto na tipografia
Minion, em corpo 11,5/17, e impresso em
papelo ff-white no Sistema Digital Instant Duplex
da Divisão Gráfica da Distribuidora Record.